AF185388

Dieses Buch beinhaltet interessante Erzählungen und Recherchen, die sich während der Corona Pandemie im Raum Bayern/Österreich, sowie weltweit, abspielen.

Bill und Maya beschäftigen sich vor lauter Langeweile im Home Office zu diesem Thema und fanden monumentale und beeindruckende Erkenntnisse der letzten Jahrzehnte.

Ein geeignetes Buch für Leser, die neben Informationen der Medien, nach dem Motto "only bad news are good news", Wissenswertes der letzten 80 Jahre und Hoffnungsvolles für die Zukunft, erfahren möchten.

Die Autorin hat kritisch durch ein Schlüsselloch in die Vergangenheit und in die Zukunft gelugt und sich ein breiteres Spektrum an Wissen angeeignet. Gerne gibt sie dies an ihre Leserschaft weiter, um für die Pandemie 2020 ein besseres Verständnis zu erlangen.

Charlotte Fröhlich wurde am 01. Mai 1947
in St. Johann in Tirol geboren.

Ihr Vater war gebürtiger Tiroler und ihre Mutter stammte aus Westfalen. Somit war für die Autorin und ihrer Schwester ein stetiger Wohnortswechsel vorbestimmt. Die ersten sechs Jahre verbrachte sie in Tirol, die nächsten sechs in Münster in Nordrhein - Westfalen. Sie selbst bezeichnet sich dadurch oftmals als „Wolpertinger".

Am liebsten war und ist sie in Tirol, liebt ihr Land, die Menschen. die dort leben. die Natur und Lebewesen wertschätzen. Die Autorin wurde sehr früh Mutter und hat drei erwachsene Töchter und vier Enkelsöhne. Vierzig Jahre waren ihre Kinder und Enkelkinder das Wichtigste in ihrem Leben.

Erst im Rentenalter fand sie Zeit. sich auf ihre Talente zu besinnen und begann Bücher zu schreiben. Zur Entspannung malt sie autodidaktisch Bilder, die sie am liebsten an ihre Familie verschenkt.

Die Autorin war lange Zeit Gastronomin in Bayern und hat mit zahlreichen Menschen gesprochen, Leid und Freud erlebt und einige Schicksale bedauert. Sie hat eine Menge zu berichten und möchte der zukünftigen Generation noch einige Geschichten erzählen.

Die Autorin

Charlotte Fröhlich

V I T A

Geboren am 1.Mai 1947 in St. Johann in Tirol
Geschieden, 3 Töchter, 4 Enkelkinder
Ehemalige Gastronomin,
Nun Malerin und Autorin
Email: cha-mai@t-online.de

© 2020 Charlotte Fröhlich

Verlag und Druck: Tredition GmbH, Halenreie 40-44, 22359 Hamburg

ISBN
Paperback: 978-3-347-12841-5
Hardcover: 978-3-347-12842-2
e-Book: 978-3-347-12843-9

CHARLOTTE FRÖHLICH

***

@ CORONA

Lebensdrama / Liebesroman

@ CORONA

Einleitung und Vorgeschichte

Maya und Bill leben seit einem Jahr zusammen in München in einer kleinen hübschen Wohnung im Lehel. Sie sind jung und voller Energie und haben sich beruflich kennengelernt. Bill ist Chef-Redakteur bei einer bekannten Zeitschrift und Maya arbeitet als Designerin in demselben Verlag.

Beide haben zeitlebens, Maya in Würzburg und Bill in München, alles bekommen was das Herz begehrt, die Welt bereist und lebten wie im Paradies, bis plötzlich Corona in ihr Leben platzte. Ja, sie haben davon gehört, in China, in der Stadt Wuhan und dann auch näher, in Norditalien und noch näher, in Gauting, sei ein Virus aufgetaucht, welches sehr gefährlich sei. Nur, es war weit entfernt um sich hier heftige Gedanken zu machen. Doch so war es nicht, es wanderte schleichend, schon sehr nahe, nur wenig wollten es glauben.

Zuerst hatten sie zwar in den Nachrichten so einiges gehört über COVID-19. Es war so unwirklich.

Eine chinesische Mitarbeiterin aus Shanghai, soll wohl bei der Einreise, Mitte Januar, mit diesem Erreger infiziert gewesen sein und steht somit an der Spitze der deutschen Infektionskette.

Sie infizierte, während eines Seminars bei der Firma Webasto in Gauting, einige Kontaktpersonen. Nach der Abreise dieser Dame wurde festgestellt, dass sie mehrere Mitarbeiter angesteckt hatte, die Firma Webasto wurde geschlossen und die Infizierten kamen ins Krankenhaus. Nun war es ernst. Das Virus hatte sich in Bayern manifestiert. Die Ärzte stellten fest, dass das Virus anders ist als Mers oder Sars, offensichtlich hoch kontagiös, also ansteckend. Die infizierten Personen blieben einige Zeit in Quarantäne und wurden nach einiger Zeit als gesundet entlassen. Ende Januar verbreitete sich das Virus. Gleichzeit wurde Anfang bis Mitte Januar unbemerkt in Italien das Virus eingeschleust. Vorerst schob man die an COVID-19 Erkrankten mit ihren Symptomen der Grippewelle zu, die ebenfalls gleichzeitig kursierte. Man nimmt an, dass das Virus als eine Art Kollateralschaden der Globalisierung nach Italien und Europa gekommen sei: In Norditalien gibt es zahlreiche international tätige Firmen, die rege China Handel betreiben und zumindest bis zum Eintritt der Epidemie - ihre Vertreter - regelmäßig auf Geschäftsreise nach China schickten und chinesische Geschäftspartner empfingen.

Im Dezember 2019 registrierten die chinesischen Behörden die ersten Infektionen mit einer unbekannten Lungenerkrankung. Als Ursprungsort ist der Markt in der Millionenstadt Wuhan genannt, wo neben herkömmlichen landwirtschaftlichen Produkten und neben Tieren aus Fisch und Fleisch auch Wildtieren verkauft werden. Der Verzehr dieser Wildtiere sei wohl schuld an der Pandemie.

****

Anfang Januar 2020 teilte WHO – Weltgesundheitsorganisation - erstmals die Gefahren des neuartigen Virus

COVID-19 mit. Anfang Januar 2020 wurden die ersten Todesfälle aus China gemeldet.

Ab diesem Zeitpunkt verbreitete sich das Virus rasant über Thailand in die ganze Welt und wurde durch die Übertragung, durch Menschen, zur Pandemie ernannt. Ab Ende Januar 2020 wird das Virus in ganz Europa nachgewiesen. Es verbreitete sich in Italien immens aus und stellte das ganze Land still und verzeichnete viele Tote. Italien war das erste Land, das den Flugverkehr nach China einstellte.

****

Karneval Feiern und Aprés Schi verteilte eiligst das Virus in ganz Europa. Ab Anfang Februar wurde in unterschiedlichen europäischen Ländern der Flugverkehr ebenfalls eingestellt.

****

Anfang März wurden Großveranstaltungen (Messen, Fußballveranstaltungen, Kunst- und Kulturunternehmen, Events, Konzerte udgl.) eingestellt. Einkaufsmärkte, Hotel, Gastronomie uvm. geschlossen, die Grenzüberwachungen in Europa erschlossen. Innerhalb von wenigen

Tagen herrschte unheimliche Ruhe. Es wurden sämtliche persönlichen Kontakte untersagt und eine Ausgangseinschränkung eingeführt. Man sollte in der Wohnung bleiben und nur in Notfällen mit Mundschutz und Handschuhen versehen in die Öffentlichkeit gehen.

Hiermit beginnt das Drama durch die Pandemie

Kapitel 1

Gedanken über Corona

Es ist schön draußen, Ende März, trotz Ausgangbe-
schränkung. Warum scheint die Sonne so fantastisch und
freundlich, in dieser Zeit? Will sie uns Menschen erfreu-
en, erwärmen und ermutigen. Es gelingt nicht ganz. Auch
sie ist nicht perfekt und alleinherrschend. Sie muss sich
die Tage mit dem Ostwind teilen, der kalt auf die nicht
allzu erfreut dreinblickenden Menschen, die vereinzelt
mit dicken Schals oder auch Mundschutz versehen, die
durch die Straßen ,eilten, nicht schlendernd, wie üblich.
Doch – sie begrüßen sich auf einmal und nicken sich
freundlich zu, hielten sich jedoch an den vorgeschriebe-
nen Abstand. Die Straßen sind leer, ungewohnt leer. Die
Schaufenster dicht gemacht und mit großen Zetteln an
den Scheiben versehen, wie z.B..

Liebe Kunden und Kundinnen!

*Wie Ihr wisst, dürfen wir Ihnen, in unseren Geschäfts-
räumen, unsere aktuelle Frühjahrskollektion durch unser
freundliches Personal für unbestimmte nicht präsentieren.
Nutzen Sie doch unser Online Portal: www. ....*

Fast an jedem Schaufenster kleben an unbeleuchteten
Fensterscheiben Hinweise dieser Art. In einigen Lokalen
gibt es Essen bis vierzehn Uhr und es wurde auch darauf
hingewiesen, dass man die Speisen gerne bestellen kann,

Telefonnummer……, email: ………. Sie können gerne per Kreditkarte zahlen und wir liefern kontaktlos bis vor Ihre Haustüre.

Die Stühle vor den Gaststätten, die bei diesem schönen Wetter, auch trotz nahezu eisiger Kälte, ehemals meist voll besetzt gewesen wären, standen nun aufgestapelt und stumm in der Fußgängerzone. Die Kioske verbreiteten mit ihren abgeschlossenen Türen und Fenstern den gestapelten Stühlen keine besonders attraktive Nachbarschaft.

Die öffentlichen Verkehrsmittel beförderten die arbeitende Bevölkerung, von Kindern keine Spur. Seit einigen Tagen hatten alle Schulen geschlossen und die Kinder wurden zuhause, digital betreut durch die jeweiligen Lehrer, unter Aufsicht der Mütter oder Väter. Die meisten Menschen hatten sich zuhause ein Office eingerichtet und konnten von dort ihrer Arbeit nachgehen.

Optiker, Apotheken, Lebensmittel- und Obstgeschäfte sah man vereinzelt geöffnet, mit geänderten Öffnungszeiten. Auf der Straße vor den Geschäften wurden mit roten Klebestreifen in zwei Meter Abständen angezeigt, wo die Kunden sich anstellen dürfen, was diese auch schön brav taten. Beim Betreten, das nur einzeln geschehen durfte, wurde man freundlich, von einer mit Gummihandschuhen, Mundschutz und durch eine Abtrennung aus Plexiglas geschützten Verkäuferin, begrüßt. Man tätigte seine Bestellungen und zahlte mit Kreditkarte. Erst nach dem Verlassen betrat erst der nächste Kunde den Verkaufsraum. Dies alles geschah, sichtlich gehorsam und mit vollem Verständnis von den Menschen, egal ob männlich oder weiblich, alt oder jung. Die großen Lebensmittelkonzerne hatten Hochkonjunktur. Es wurde wie wild eingekauft bzw. gehamstert, besonders Klopapier und Nudeln.

Shoppen und Schaufenster betrachten schien langweilig geworden zu sein. Kein einziger Fußgänger warf einen Blick auf Schaufenster oder stockte gar seine Schritte. Man flanierte auch nicht. Man lachte auch nicht, man sprach kaum miteinander. Man ging seinen Weg und machte seine Erledigungen und ging wahrscheinlich wieder nach Hause, um allein vor dem Fernseher oder PC zu sitzen. Wenn man Glück hatte, lebte man nicht alleine in der Wohnung, hatte einen Partner, oder eine Familie. In dieser Stadt gibt es mehr Singlehaushalte, die sicher diese Ruhe nicht so sehr genießen möchten. Zum Glück gab es Internet. Man war ja isoliert, aber dennoch verbunden mit dem Rest der Welt. Der Rest der Welt berichtete ständig von dem Virus und die bereits infizierten Menschen und den Anstieg der Pandemie und den Todesfällen, und, und, und... man hörte nichts anderes, im Radio, im Fernseher, Werbung und Gespräche untereinander, nur Corona. Man war isoliert und konnte nur den Medien Glauben schenken. (Nur zögerlich vermag man zu denken, dass das, was nun mit uns Menschen geschieht, auch streng gesehen, reine Manipulation sein könnte). Kaum einer kennt jemand, der erkrankt oder infiziert ist.

Alle denken sicher daran, wie es vor Kurzem noch war als man nur vom Klimaschutz und Friday for Future sprach und Plastik verdammte und die ältere Generation anprangerte, den eigenen Kindern bewusst die Lebenssubstanz zerstört zu haben. Nun droht der älteren Generation eher die Gefahr, als Erster in den Himmel zu kommen.

Manch einer würde wohl glauben wollen, dass nun die Menschen umdenken, um in der Zukunft nicht allzu egoistisch zu sein, eher froh, dass nun die Natur ihre Chance bekommt. Die meisten bezweifeln die Taktik, durch auferlegten Verzicht ein menschlicheres Miteinander zu erreichen.

Stattdessen stellt man fest, dass sich plötzlich der Wert verschiedener, - vor 10 Tagen unbemerkter und uninteressanter Artikel wie Klopapier -, enorm in den „will ich haben" Modus gedrängt hat. Es wurde immens viel Klopapier gekauft, samt Nudeln aller Art.

Momentan schien es, als ob sich nicht direkt jemand für ein neues iphone interessierte, zumindest wurde es nicht erwähnt. Nun schien es so, dass man doch einer derjenigen sein möchte, der im Ernstfall noch genügen Klopapier sein Eigen nennt.

Zumindest hatten die Versorgungsgeschäfte den Konzernen der Lebensmittelbranche mit besten Umsätzen zu rechnen.

Dies kann die Gastronomie, sowie Hotellerie, nicht von sich behaupten. München, als Hochburg der Geschäftsleute, & G7 Gipfel, Treffpunkt der Globalisierung und weltweiten Besuchern, verschiedener, außerordentlich großartigen Attraktionen, wie das Oktoberfest, wurde von heute auf morgen in einen Stillstand versetzt und mutierte zu einem beschaulichen Städtchen. Niemals hätte irgendjemand auch nur im Entferntesten daran gedacht, einen Bayerischen Hof oder ein Hotel Vier Jahreszeiten und viele andere mehr, leer vorzufinden, umlungert von frustriert auf einzelne Gäste wartende Taxifahrer.

Ganz besonders hätte niemand daran gedacht, dass diese vielen köstlichen Schmankerl in den mehr oder weniger exklusiven Restaurants und berühmten Gaststätten, nun in der Kühltruhe auf ein Auferstehen warten. Wie unglaublich schrecklich zu erfahren, dass hektoliterweise Augustinerbier entsorgt werden mussten. Niemals hätte jemand daran gedacht, dass die Bayerische Staatsoper, allein in Erinnerung schwelgend oder vielleicht auch zusammen in Gedanken mit August Everding, ehemaliger Intendant des Prinzregententheaters, trauernd an die guten alten Zeiten denkend, wartend verbringen mussten. Ganz kurz an die Künstler denkend, welche ihre Kunst beizeiten nur im Herzen tragen können, während die Abobesitzer seufzend Alexa bitten, die Symphonie, -Fantastique von Berlioz-, auf Amazon Music spielen soll. Die Frau ohne Schatten, die man im April in der Oper genießen wollte, kann man nun zuhause gemütlich im Ledersessel bei einem Glas Rotwein, auf dem VIDEO ON DEMOND betrachten, ohne Freunde, allein oder mit dem Partner, Hauptsache man bleibt gesund.

Sollte man da jetzt in dieser Situation nicht doch mehrfach an Aloisius denken und ihn bitten, eine Nachricht an die Staatskanzlei zu senden um dieses, nicht gewünschte Dasein, abzustellen. Sollten man hoffen, dass Aloisius nicht noch mehr Egoist geworden war, Bier und Schweinsbraten gehamstert hat und mit den Worten von Karl Valentin denkt: - Der Mensch ist guad, nur die Leit san schlecht - und sich himmlisch auf seinen bayerischen Wolken rekelt.

Nicht zu vergessen, die geschlossenen Kinos! Gerade jetzt, wo die Eiskönigin ohne Krone ihren Thron besteigen wollte, um Gelder einzufahren. Die vielen erhofften

Besucher jedoch die Kinos meiden mussten und stattdessen zuhause kostenfrei sich an der Eiskönigin erfreuten.

Am Schlimmsten sind wohl die Spieler und Fans von FCB bestraft und zu bedauern. Nicht einmal zuhause am TV kann „Mann" bei Spielen mitfühlen, da es, wenn Spiele, nur ohne Zuschauer gespielt werden darf. Man nannte diese Spiele „Geisterspiele". Wie schaut denn ein Stadion von diesem Prunk aus ohne jubelnde Fans? Es ist wahrlich ein Graus!

Aber am aller, aller schlimmsten sind die Frauen zu bedauern in dieser Zeit:

Männer, ohne Fußball, Golf, Fitnessstudio, Squash, Biergarten, Stammtisch, Weinprobe. Sie dürfen sich nicht einmal mit Spetzeln treffen. Sie müssen zuhause irgendwas ganz Wichtiges reparieren oder Unwichtiges sortieren! Manche dürfen nicht einmal ihre außereheliche Freundin besuchen!

Kinder, den ganzen Tag zuhause, über Wochen. Neben Arbeit im Home Office müssen Hausaufgaben betreut werden, Spaziergänge im Freien gemacht, Frühstück und Mittagessen gekocht und abends auch noch gemeinsam basteln und Spiele spielen, damit die Kinder nicht am PC und Handy anwachsen. Es hilft niemand im Haushalt, weil der Mann keine Zeit hat – muss doch gerade die Waschmaschine selbst reparieren, da kein Handwerker erreichbar ist -, die Kinder nicht ihre stundenlangen Gespräche mit Freunden abbrechen können und schon gar nicht die Spiele am PC.

Um sich etwas zu entspannen, gibt es gottlob Felix, den Hund. Man darf diesen Hund an der Isar spazieren führen, falls man den Abstand von 2 Meter zu dem nächsten Hundehalter einhält. Manchmal sehr schwer zu bewältigen, da der Hund diese Regeln, samt manchen Hundebesitzern, im Ernstfall nicht mehr wissen. Somit lebt Frau auch noch in Angst, ihre ganze Familie angesteckt zu haben und guckt schuldbewusst auf die patrouillierende Polizei.

Tanken und Autowaschen ist geblieben für die männliche Betätigung. Man muss die Waschmarken bei der vom Plexiglas geschützten Kassiererin erwerben und man wird darauf hingewiesen, dass man sofort die Anlage nach dem Waschen verlassen muss und man kann keineswegs den Wagen von innen reinigen und staubsaugen.

Da München von wundervollen Seen und Freizeit Attraktivitäten umgeben ist und diese sehr gerne bei schönem Wetter besucht werden möchten, man sich nicht traut, auf eine Bank oder Decke zu setzen. Wie schön wäre es, einen Berg zu besteigen. Davon wird abgeraten, da man sich ja verletzen kann und dann die Rettungsdienste und die Ärzte beanspruchen muss, welche aber in Bereitschaft sein sollen. Man könnte auch die Krankenhausbetten belegen, welche aber warten müssen auf den Andrang der COVID-19 Infizierten. Man traut sich auch nicht, heimlich im Rucksack Brotzeit mitzunehmen und sich an die Isar, die sehr weitläufig ist oder im Englischen Garten, auf eine Decke zu legen, auch nicht mit fünf Meter Abstand, es wird kontrolliert und mit hoher Geldstrafe belegt. Das auf sich zu nehmen unterlässt man tunlichst, da sich auch die finanzielle Lage sämtlicher gesunden oder auch infizierten Menschen auf den Nullpunkt befindet. Viele haben ihre Jobs verloren und leben von den Einnahmen durch Kurzarbeit. Freelancer, die von heute auf

morgen keine Einnahmen haben, tragen aber die Lebens-
erhaltungskosten in gleicher Höhe weiter. Man kann zwar
nicht gekündigt werden, wenn man die Miete nicht mehr
oder nicht mehr ganz bezahlen kann, kriegt sie zwar ge-
stundet, darf sie dann nachbezahlen.

Gerechtfertigt und sinnvoll möge einen wohl der Gedanke
erscheinen, dass es doch dann vom Vorteil für alle wäre,
wenn bei einer Pandemie, zum Schutze der menschlichen
Gesundheit, die Wirtschaft gedrosselt werden muss,
gleichzeitig angeordnet werden soll, dass während dieser
Isolationszeit sämtliche Zahlungen ebenso pausieren.

Niemand müsste Miete, Pacht, Hypotheken. Versicherun-
gen, Strom, Telefon etc. bezahlen. Jeder Kleinbürger erhält einen Gutschein über einen bestimmten Betrag, zur
Abdeckung des Grundbedarfs an Lebensmittel etc.!

Nach dieser Pandemie kann dann eine separate vorgefer-
tigte Steuererklärung über die, dem Betrieb oder Unternehmer entstandenen Kosten, gemacht werden, die er
dann von der Steuerzahlung des Vorjahres abziehen kann
oder einen Vorabzug für die nächsten Steuerzahlungen
beantragen darf.

- Einfach ist wohl zu langweilig! –

****

Logischerweise muss dann die Zentralbank für die europäischen Staaten nicht Milliarden von Banknoten nachdrucken und verleihen und Schulden produzieren, die letztendlich die Nachkommen bezahlen müssen. Vielleicht sind diese Gedanken auch zu einfach in diesem Komplex von fraglichen Zusammenhängen, über welche niemand so richtig informiert wird, oder gar entscheiden kann.

Vor einem Jahr gab es das große Thema des Klimawandels. Es scheint, es habe sich das Klima auf Anordnung der Menschen von selbst reguliert, doch es ist noch akut. Leider grenzen die Medien nun diese, vor einem Jahr wichtigen Geschehnisse, völlig aus. Schön wäre es doch für die einen oder anderen Beteiligten zu wissen, dass durch die notwendigen Anweisungen zur Abwendung der Pandemie, das Verhalten der Menschen so programmiert wurde, dass es der Umwelt zu Gute kommt. Zum Zeitpunkt (April 20) wird das vorgenommene Ziel des CO2 Ausstoßes schon erreicht.

China atmet auf, die Mundschutzmasken wurden vor Corona von Menschen als Schutz vor Feinstaub und Luftverschmutzung getragen, nun als Schutz vor Corona. Die Leute spazieren Smog los, haben Platz und sehen das Blau des Himmels.

Warum zeigt man den Menschen in den Medien nicht gleichzeitig, wie sich durch das Verhalten aller, nicht nur ein Virus stoppen lässt, sondern auch der Klimawandel dadurch Begünstigungen erfuhr. Möglicherweise würde der eine oder andere dann lieber zuhause bleiben und auf einiges (außer Klopapier) verzichten, wenn er weiß, dass er dadurch die Welt der nächsten Generation mit erhält.

Nach Karl Valentins Worten gesprochen:

…und wenn die stade Zeit vorbei ist san ma wieder
ruhiger …..

Kapitel 2

Maya und Bill im Home Office ab 26.04.

Maya und Bill sind soeben von einem gemeinsamen kurzen Spaziergang an der Isar zurückgekommen. Sie wohnen seit einem Jahr zusammen in einer feudalen Zwei-Zimmerwohnung mit Lounge im Stadtteil Lehel in München.

Kennengelernt haben sie sich beruflich. Bill ist Chef-Redakteur einer bekannten Zeitschrift und Maya kam aus Würzburg nach München und fand einen Arbeitsplatz in dem Verlag als Designerin. Die beiden fanden sich sofort mehr als sympathisch und freundeten sich an. Nach kurzer Zeit waren sie ein Pärchen und vor einem halben Jahr zogen sie zusammen in diese Wohnung.

Seit ein paar Tagen arbeiten sie im Home Office, da eine Ausgangsbeschränkung in München angeordnet wurde.

Soweit war das am Anfang ganz in Ordnung. Sie hatten es sehr gemütlich, teilten sich ein Büro und machten ihre Arbeit, anfangs pünktlich zum ursprünglichen Arbeitsbeginn um 9 Uhr. Wenn telefoniert werden musste, was manchmal bei Bill sehr laut ablief, verließ er das Büro und setzte sich ins Wohnzimmer oder auf die Lounge.

Morgens nach dem Frühstück gingen sie joggen und abends machten sie einen gemeinsamen Spaziergang im Englischen Garten oder auch in der Stadt. Sie hielten sich an die Vorschriften bezüglich der Ausgangs- und Kontakteinschränkung, hielten Abstand von den Mitmenschen und trafen sich auch wenig bis gar nicht mit Freunden.

Essen bestellten sie bei einem den umliegenden Restaurants, um diese zu unterstützen. Das funktionierte tadellos. Sie bekamen jeden Tag eine Speisekarte per email, bestellten das Gewünschte und bezahlten per Paypal.

Das Essen wurde bis vor die Tür geliefert, kontaktlos. Getränke konnte man auch bestellen und diese wurden direkt ins Haus geliefert und das Leergut wurde mitgenommen. Man hörte nichts anderes im Radio und TV, nur Berichterstattungen über Corona, schön langsam langweilig und nahezu uninteressante Informationen, die sich ständig wiederholten.

Einkaufen gingen sie abends, nach dem Spaziergang, in eine der umliegenden Geschäfte. Sowohl Bill als auch Maya nahmen sich getrennt einen Einkaufswagen, wie es verlangt wurde, wegen des Abstands. Es war gemütlich und gemächlich auf der Straße. Kaum Autos, die meisten Geschäfte waren geschlossen, die Gastronomie lahmgelegt. Ein ungewohnter Zustand in der sonst so lebendigen Stadt. Da kam man schon einige Male ins Träumen.

Ach, wie schön wäre es doch, in einer der Gastronomie Betriebe abends zu essen oder nur ein Glas Wein zu trinken oder Eis zu schlecken. Bei diesem schönen Wetter an der Münchner Freiheit sitzen mit vielen Leuten, die Gespräche und das Lachen der Menschen an den Nebentisch mithören, die schreienden Kindern spielend am Spielplatz zuzusehen. -wie gut konnte man bei diesem Lärm Sonntagsmorgens doch die Süddeutsche lesen-! Träumen und notgedrungen ein anderes Leben zu leben, ließ man sich einige Tage eingehen, doch dann fing es an, bedrückend und langweilig zu werden. Ein Alltagstrott, ohne Spannung. Etwas Arbeit, die sich in Grenzen hielt.

Wie aufregend war doch die Hektik, bei der man schimpfend und tobend sich wohl gefühlt hatte. Die Gemüter flachten immer mehr ab und versanken in einen Ruhemodus. Die Arbeitsmoral versank in schläfrigen Tagesträumen, die sich fleißig verlängerten und den Arbeitsbeginn ausweiteten. Es gab auch kaum noch interessante Aufgaben, die zu erledigen waren.

Maya blickte von ihrer Arbeit auf und sah zu Bill, der vor dem Bildschirm saß und über Corona recherchierte.

Maya unterbrach ihn bei seiner Recherche und meinte:

„Sag, ist dir das nicht zu langweilig. Ich kann es schon fast nicht mehr hören. Das ist mir alles zu unglaublich."

„Wieso?" antwortete Bill.

„Ja weißt du, es ist seltsam. Alles ist ruhig. Ich habe jeden mit dem ich telefonisch gesprochen habe gefragt, ob sie irgendjemand kennen, der COVID-19 infiziert ist."

„…und?"

„Nix, niemand kennt jemand. Frag du mal nach, würde mich interessieren!"

„Kann ich gerne machen. Mir ist eh zu langweilig."

„Magst du etwas trinken?"

„Ja, gerne!" Bill blickte auf seine Kontaktliste. Ach ja, Bernd kann ich mal anrufen. Er wählte die Nummer von Bernd, der sich sofort meldete

„Eh, hallo Bill!", antwortete er und lachte dabei, „ist dir langweilig?"

„ Ja, Bernd. Echt. Jetzt fängt es plötzlich an langweilig zu werden. Nichts Spannendes, nur ruhig, gemütlich, harmonisch. Arbeitsmäßig tut sich auch nicht viel", ein großer Seufzer entsprang seiner Brust.

„Was soll ich sagen. du bist wenigsten im festen Job und kriegst am Ersten deine Kohle. Ich bin Freiberufler. Bei mir ist nichts. Ich habe keine Aufträge und ohne Aufträge kein Geld. Und so viel gespart habe ich auch nicht. Du weißt, ich gebe ja immer gleich alles aus, sowie es reinkommt."

„Siehst du, ich habe dir oft genug gesagt, dass du nicht so prassen und dir was auf die Seite legen sollst für schlechte Zeiten."

„Ja, ich weiß. Ich habe nie im Entferntesten daran gedacht, dass es schlechte Zeiten geben wird. Das „Irgendwann" kam zu schnell. Ich habe im Moment mehrfach daran gedacht, wie oft du mir das gesagt hast. Das hilft mir jetzt auch nicht weiter."

„Wenn du was brauchst, sag es. Ich helfe dir."

„Gut danke, das freut mich, dass du mir das anbietest. Und wie läuft es bei dir?"

„Ja, wie gesagt. Es ist alles gut. Mit Maya ist es bestens. Die macht mir einen Cocktail. Ich kann dich nicht einmal einladen, dass du zu uns kommst und wir zusammen einen trinken können."

„Ja, eben. Weißt du, das langweilt mich auch!", Bernd seufzte nun auch: „ich bin Single, das ist nicht schön zur Zeit!"

Bill grinste: „Ach, ich dachte, das wäre die beste Art zu leben, ohne Verantwortung, nur das zu tun was man will. Sex zu haben so oft man will, und mit wem man grad will, keine Launen ertragen zu müssen, und, und…!"

„Ja, war auch schön. Nur jetzt nicht mehr. Jetzt wäre es gut, wenn jemand bei mir wäre", klang es sehr traurig.

„Was ich dich fragen wollte, Bernd."

„Was denn?"

Sag, kennst du jemand der mit COVID-19 infiziert ist?"

„Nein. Ich habe auch noch niemand gefragt und es wird mich kaum jemand anrufen und sagen, Juhu ich habe Corona."

Bill lachte: „Ja, sicher nicht. Aber mich tät des schon interessieren, ob es Leute gibt, die wir kennen, die Corana infiziert sind. Kannst du mal nachfragen."

„Ja, mach ich. Dann lass dir deinen Cocktail schmecken, du Glücklicher."

„Ok, mach ich. Und du, melde dich bitte."

„Ja, mach ich. Servus Bill."

„Servus."

Bill legte den Hörer auf und gerade in diesem Moment rief Maya ihm zu.

„Kommst du Schatz. Dein Cocktail und ich warten auf der Lounge."

Maya lag im Bikini auf der Liege, seinen Cocktail in der Hand, den sie ihm mit strahlendem Gesicht übergab.

Er setzte sich zu ihr, legte den Arm um sie und prostete ihr zu:

„Also, von mir aus könnte es gerne eine längere Zeit so bleiben. Ich finde es toll, hier auf der Lounge mit dir, den Cocktail in der Hand, strahlend blauer Himmel, eine Sonne, von der man merkt, dass sie sich freut und strahlt, weil ihr nun nicht mehr tausend Flugzeuge die Sicht nehmen. Die Vögel zwitschern, alles blüht und riecht super angenehm. Was will man mehr!"

Maya schmiegte sich an ihn und lächelte:

„Es ist Anfang April und es ist so warm, dass ich im Bikini hier liege. Zieh doch auch deine Badehose an!"

„Nein, ich habe noch zu tun. Ich möchte doch noch nachsehen, wie der Stand von Corona ist."

„Ok, bringst du mir mein Laptop, dann recherchiere ich auch."

„Mach ich. Aber erst trinken wir in Ruhe unseren Drink."

****

 Bill setzte sich wieder an seinen PC, es war zu heiß draußen. Unglaubliche 26 Grad.

Er öffnete die Webcam. Leider konnte man nur kleinere Flughäfen beobachten. Flughafen München und Frankfurt war nicht dabei. So ging er auf Google maps und sah sich die Bilder und Berichte über den Flughafen an, über Google earth sah er Flugzeuge, die in Reih und Glied in der strahlenden Sonne standen. Er schüttelte den Kopf –

unglaublich-. Angeblich würde man die Spatzen zwitschern hören. Weitere Bilder gab es von leeren Hallen im Flughafengebäude, den wenigen Geschäfte, die offen hatten, besucht oder gemieden von einigen wenigen Leuten, ignoriert von patrouillierenden Polizisten. Er schüttelte wieder den Kopf. Wohin führt das? Man wusste nicht einmal wie lange das Ganze dauern würde. Man wusste auch nicht, was in der Zwischenzeit unbeobachtet geschehen kann. Ein unheimliches und unsicheres Gefühl machte sich in ihn breit. Über seine Webcam, die er beruflich brauchte, beobachtete er München und die Umgebung auch in anderen Städten. Sicher konnte man auf anderen Webcams, zu diesen er leider keinen Zugang hatte, genau beobachten, wie viele Leute wann und wo waren.

Wenn er sich nur vorstellte, dass diese Virus Geschichte nur ein Vorwand wäre, um die Menschen über die Medien zu manipulieren, wie man ja gut konnte. Wie er selbst feststellte, wären dafür alle technischen Vorrichtungen eingerichtet. Sicher konnte man die ganze Erde beobachten mit dem richtigen technischen Knowhow. Aber was steckte hinter dieser ganzen Sache? Tat sich da eine neue Art sich zu bekämpfen und zerstören auf? Durch Viren? Möglicherweise nicht einmal natürliche? Welche die explizit auf die jeweiligen Bedürfnisse hergestellt wurden? Grauenvoll dieser Gedanke!

Humaner allerdings als die Waffen der Vergangenheit und auch nicht so kostenintensiv und kaum kontrollierbar! Was geschah, es fühlte sich für Bill an als sei es lediglich eine Probe? Fast könnte man darauf schließen. Nach seinen Recherchen gab es nicht mehr Todesfälle, als bei der üblichen Winterinfluenza zu bedauern waren.

Meist traf es ältere und auch durch Vorerkrankungen geschwächte Menschen. Man weiß nicht, ob Corona die Todesursache war. Man wusste nur, dass die Todesursache angeblich nicht prüfbar ist.

„Schatz, bringst du mir mein Laptop?", rief Maya lauthals.

Ach ja, das hatte er vergessen. Es wurde äußerst interessant und seine Neugier stand in hellen Flammen. Ihm war nicht mehr langweilig, sondern er fühlte wieder Spannung in sich.

Bill stand ungern auf, holte dennoch Mayas Laptop.

„Sorry, ich habe ganz vergessen, deinen Wunsch zu erfüllen!", mit diesen Worten reichte er ihr das Gewünschte und wollte sich zurückziehen. Es drängte ihn sehr, weiter zu suchen.

„Was ist mit dir? Du bist so abwesend!"

„Ich bin am Recherchieren und stoße auf so unglaubliche Dinge. Ich bin aber am Anfang und sehr gespannt und möchte gerne weiter machen. Ist das für dich ok?"

„Ja, mach nur. Dann recherchiere ich auch. Bis dann!"

Bill gab Maya einen Kuss auf die Haare und ging.

Maya vertiefte sich ebenfalls sofort in die Recherche. Während sie vor sich hingeträumt hatte, kam ihr die Idee, dass sie sich mit dem Maya Kalender beschäftigen sollte. Da wurde doch berichtet, dass nach Beendigung des Kalenders ein neues Zeitalter beginnt für die Menschen. Soviel sie noch in Erinnerung hatte, würde ein neuer Messias erscheinen, durch ihn würden die Menschen lernen, sich neu zu entdecken. Irgendwie bemerkte auch sie völlig neue Ideen in ihrem Hirn. Und wie sie vermutete, war es bei Bill genauso, obwohl sie sich nicht ausgetauscht hatten.

Sie öffnete ihr Laptop und suchte nach den Mayas. Ach, wie nett. Das war ja ihr Name. War das ein Zeichen, dass sie auf der richtigen Spur war?

Sie fing an zu recherchieren.

Also am 21.12.2012 wurde das Ende des Maya Kalenders angegeben. Mit diesem Tag hatten die Mayas nicht den Weltuntergang gemeint, sondern den Beginn einer Wandlungszeit für lebende Wesen auf der Erde. Und tatsächlich befinden wir uns in einer aufgewühlten Zeit mit Naturkatastrophen, Hungersnöten, Kriege und Menschen, die vor Krieg und Zerstörung flüchten und nirgends aufgenommen werden und nun noch Corona, und davor Sars und Ebola und viele mehr.

Sag ich doch, dachte Maya. Ich wusste es doch. War doch so in meinem Unterbewusstsein gespeichert.

Die Prophezeiung der Mayas deuten lediglich den Übergang in ein neues Zeitbewusstsein an. Die Mayas trafen Aussagen, die darauf hinweisen, dass sich große Ereignisse ab 2000 zutragen und der komplette Übergang in ein goldenes Zeitalter bis spätestens 2020 vonstattengeht.

Maya recherchierte wieder; also, 2015 warnte Bill Gates bereits vor einer Pandemie und empfahl was zu tun sein, um eine Pandemie zu vermeiden. Großteils wurde die gesundheitliche Notlage mit internationaler Tragweite ignoriert.

Maya recherchierte weiter und sah, dass es mehrere, vergleichbare Pandemien gab und gegeben hatte.

Bei der Recherche wurde Maya klar, dass diese Viren in der Lage sind, weltweit Todesopfer zu fordern. Die Abstände der verschiedenen Epidemien bzgl. Pandemien scheinen sich zu verkürzen. Wahrscheinlich liegt es an der Dichte der Menschheit.

Maya überlegte sich eine Liste darüber zu suchen. Erstmals wollte sie bei den Mayas bleiben.

Also, laut Aussage des Mayavolkes lebte die Menschheit bis 2012 in der letzten Welt, die auch die vierte Welt bezeichnet wird. Die Mayas waren sich sicher, dass jede vorherige Welt durch ein Katastrophen-Szenario zerstört wurde, ein Messias erschien, um die Menschheit durch neues Denken in eine nächste Welt zu erheben. Nach dem Verständnis der Azteken würden wir uns bereits in der fünften Welt aufhalten, seit geraumer Zeit.

Seit 2012 hat das Wassermannzeitalter begonnen, welches Offenheit, Fortschritt. Toleranz und Idealismus von den Menschen fordert.

Wenn man an die Prophezeiungen glauben mag, würde sie uns in dieser Zeit wertvolle Hinweise liefern. Es geht um das Erwachen oder um den Aufstieg der Menschen in eine andere Welt.

Seit dem neuen Zyklus, der am 21. Dezember 2012 begann, steuert die Erdachse direkt auf das Galaxie-Zentrum zu, statt sich wegzubewegen wie in den 12.920 Jahren zuvor. Dieser Prozess wird bei den Mayas als göttlicher Atem bezeichnet.

Die Qualität der Zeit unterlag seit Ende 2012 einen großen Wandel und hat einen anderen Energiezustand erreicht. Laut Maya Kalender manifestieren sie sich in der
Zunahme von Rebellion, aber auch im kritischen Hinter-
fragen des Weltbildes. Diese Energien sollen noch bis
2020 aktiv sein. Ein Zeichen für neues Zeitbewusstsein.

Hmmh, da musste Maya erstmals nachdenken. Die Politiker betonen neuerdings, dass, wenn die Pandemie vorbei
ist, alles anders sein wird.

Bill kam sehr nachdenklich zu Maya.

„Ich muss mich erstmals setzen und das, was ich recherchiert habe, sitzen lassen. Ich habe eine Excel Tabelle
gemacht von den Epidemien und den Pandemien der letzten Jahre und habe eine interessante Feststellung gemacht!"

„Das darf doch jetzt nicht wahr sein. Ich habe auch recherchiert über die Weissagungen der Mayavölker und
kam zu dem Ergebnis, dass ich eine Liste der Virus Epidemien auf der Welt benötige, ...und du bringst sie mir.
Wir recherchieren also in dieselbe Richtung.

„Also, was hast du rausgefunden mein Schatz?"

„Ja, was soll ich sagen. Die Abstände der Epidemien oder
Pandemien, was die verschiedenen Viren betrifft, werden
immer kürzer.

Besorgniserregender sind jedoch eher die Naturkatastrophen. Durch die menschengemachte globale Erwärmung
und die starke Weltbevölkerung, beziehungsweise die
Bevölkerungsdichte in vielen Regionen der Welt, werden

in Zukunft deutlich mehr von Naturkatastrophen betroffen sein als früher. Wenn keine Schutzmaßnahmen getroffen werden (d.h. Klimaschutz und Anpassung der globalen Erwärmung), könnten 2050 etwa 1,3 Milliarden Menschen durch Naturkatastrophen bedroht werden und sich die dahinterstehenden Kosten auf 158 Billionen US Dollar belaufen. Dies ist das Doppelte des derzeitigen Weltsozialproduktes."

(Quelle Wikipedia)

Bill saß schweigsam das sah auf die fast unbefahrene Straße und fuhr sich durch das Haar. Nach einiger Zeit schaute er Maya an:

„Und was hast du rausgefunden?"

Maya reichte ihm ihr Laptop und zeigte auf die Prophezeiungen der Mayas: „Lies mal, ich mach uns inzwischen noch einen Drink."

Kurz sah Bill vom Laptop auf: „Gute Idee", meinte er und senkte den Blick in den Text und vertiefte sich.

Nach einiger Zeit kam Maya zurück, setzte sich neben Bill, reichte ihm das Glas, während Bill jedoch noch weiterlas und dabei an dem Strohhalm lutschte. Nach einiger Zeit sah er sie an.

„Das versteh ich alles nicht so wirklich. Was hat das auf sich mit diesem Messias?

„Messias ist ein von Gott Gesandter, um der Menschheit ein Umdenken zu ermöglichen. Dieser Auserwählte verfügt über ein außerirdisch veranlagtes Gehirn und eine enorme Energie, um die von Gott eingeflößten Ideen zu

verwirklichen und zu verbreiten zum Wohle der Menschheit. Er führt dadurch die Menschen zusammen und kann
sie dann so beeinflussen, dass sie ohne weiteres die Neue
Welt betreten. Dieser Messias hat immer ein gutes Herz
und ist an dem Wohl der gesamten Menschheit interessiert, hilfsbereit und darauf bedacht, den Menschen zu
helfen, um den selbstgewählten Untergang zu vermeiden, da sie selbst nicht mehr genügend Energie aufbringen um ihre Gewohnheiten ändern, zum Wohle der
Erde und der Menschheit"

Nachdenklich fragte er, während er nochmals an seinem
Strohhalm sog: „und wer soll dieser Messias nun in der
neuen Zeit sein?"

„Es muss jemand sein, der durch eine Idee und die dazu-
gehörige Energie und Intelligenz in der Lage ist, etwas
für die Menschheit zu schaffen und sie dadurch verbindet,
wie Internet z.B.. Bei Jesus war es die Religion, die bis
heute aktuell ist. Der Sinn ist immer, dass für die Menschen eine Botschaft verbreitet wird, welche möglichst
viele Anhänger findet, sich stets multipliziert bis sie eine
Einheit erreicht. Ähnlich wie es bei Greta geschah. Es
war nicht die Person Greta, es war die Botschaft, die,
wenn man so will, von Gott gesandt in Greta ein Boot
fand, in welches sich diese in Windeseile verbreiten
konnte. Oder wie das Virus nun, das sich auch in einer
rasanten Schnelligkeit verbreiten hat, weltweit."

Die Falten auf der Stirn von Bill wurden tief. Er stellte
das Glas, das er mittlerweile ausgetrunken hatte, auf den
Tisch:

„Nun weiß ich aber immer noch nicht, wer der Messias deiner Meinung nach ist. Machst du mir noch einen Drink, bitte!"

„Nein, mein Schatz. Lass uns spazieren gehen und noch etwas einkaufen. Unterwegs können wir auch reden und uns dabei bewegen. Du brauchst dich dann nicht zu quälen, die Gedanken kommen von selbst."

„Das ist eine hervorragende Idee."

Maya trank ihr Glas ebenfalls aus und stellte beide in die Küche. An der Garderobe zogen sie Turnschuhe, Sportklamotten, Sonnenbrille und Gummihandschuhe an.

„Hier, nimm diesen Schal!" Maya band Bill einen dünnen Schal aus festem Gewebe um den Hals und für sich hatte sie denselben besorgt, aber in einer anderen Farbe. „Nimm den leichten Rucksack, ich nehme auch einen, dann haben wir etwas dabei, wenn wir einkaufen. Nun komm!"

Sie liefen die Treppe runter, ohne den Lift zu benutzen, traten aus der Haustür und spazierten die menschenleere Straße entlang. Einige Leute trugen Mundschutz, relativ wenige. Man musste Abstand halten und das tat auch jeder.

Sie überquerten die Hauptstraße, man musste nicht einmal zur Ampel gehen, da ja selbst auch der Verkehr auf dieser Straße unwesentlich ist, außerdem ist dort zusätzlich auch noch eine Baustelle.

Nach dem Überqueren der Straße waren sie an der Brücke angelangt, unter welcher der Eisbach in wilden Wellen strömt. Dort standen vor 14 Tagen, jeden Tag und zu jeder Zeit, eine Menge Zuschauer, um die Wellenreiter zu beobachten. Leer, nix, niemand. Sie spazierten das Treppchen runter Richtung Englischer Garten. Einige Leute, aber im Vergleich von früher (14 Tage früher), als alles noch normal war, jedoch nur eine spärliche Anzahl Besucher dieser schönen Anlage zu sehen. Einige Hundebesitzer waren unterwegs, einige Sportler, die liefen, oder turnten. Die Anweisungen genügend Abstand zu halten wurden sogar von Pärchen respektiert.

„In ein paar Tagen ist Ostern. Was wird wohl da sein?" murmelte Maya so vor sich hin.

„Das ist mir eigentlich nicht so wichtig. Hauptsache es ist schönes Wetter."

Maya blieb stehen: „Warte doch mal und schau, wie alles so schön blüht. Die weißen Kirschbäume und die Vögel, wie sie zwitschern und der blaue Himmel. Wie schön ist das. Wenn ich nicht wüsste, dass wir in einer schlimmen Zeit leben, dann würde ich es hier nicht vermuten!"

„Du hast recht, nur dass halt viel weniger Leute unterwegs sind und niemand rumliegt auf der Wiese. Und die Liegestühle lehnen an den Bäumen, ansonsten musste man sich darum streiten oder beeilen, dass man einen ergattern kann."

„Die Parole heißt?", fragt Maya, Bill antwortete prompt: „Bleibt´s dahoam!"

Sie spazierten weiter und erreichten den Chinesischen Turm. Die Tische und Stühle waren aufgestapelt. Keine Pferdekutschen, kein Kiosk, kein Bier, kein Wurstsalat. Eine Handvoll Leute, manchmal auch plaudernd, nur stehend und in angeordneten Abständen.

„Das geht mir schon ab, wenn man sich nun hier nicht ausruhen kann. Man darf sich auch nicht hinsetzten. Komm wir gehen weiter, ich kann mir das nicht länger anschauen, ohne dass ich in Trauer verfalle." Mit diesen Worten joggte er, den Heimweg wählend, einige Meter vor Maya, die sich langsam bequemte, ihm zu folgen.

Sie waren nun wieder in ihrem Viertel angelangt und kauften ein. In dem Einkaufsladen war nicht allzu viel los. Maya und Bill zogen die Schals über Mund und Nase und zogen sich weiße Gummihandschuhe an und spazierten durch die Reihen. Die Regale waren wieder voll aufgefüllt, sogar Nudeln und Klopapier gab es wieder. Das Personal arbeitete ohne Masken und ohne Handschuhe, um die Regale schnell neu aufzufüllen. Es wurde offensichtlich viel eingekauft. Dachten denn alle, dass für die nächste Zeit eine Ausgangssperre angeordnet wird?

„Sag, Schatz, sollen wir uns auch eindecken mit Lebensmittel, falls es wirklich so sein wird, dass wir Hausarrest bekommen?"

„Jetzt hör du auf damit! Dann bestellen wir eben alles im Internet. Das ist und bleibt eine Option. Möglicherweise sollen wir das auch lernen."

„Ich mein ja nur. Ich bin so verunsichert und möchte nicht, dass wir verhungern", sie grinste mich an.

„Was brauchen wir denn?" fragte Bill.

„Ach komm, wir packen ein, worauf wir Lust haben. Ist doch egal. Getränke sind wichtig!"

Sie fuhren durch das Geschäft und luden einiges in den Einkaufswagen.

„Komm, jetzt hör auf. Da haben wir so viel zu schleppen und wir wohnen im 2. Stock", bremste Bill Maya.

„Gut, du hast recht. Es reicht nun auch, nur Schokolade hole ich noch."

An der Kasse mussten sie warten. Auf dem Boden waren wieder mit roten Klebestreifen die Abstände gekennzeichnet. Diese Kasse war ebenfalls abgedeckt durch ein Plexiglas. Die Kassiererin trug eine Maske. Bezahlen sollte man, wenn es geht, mit Kreditkarte.

Bill zahlte und wir packten die Sachen in den Rucksack.

Langsam schlenderten sie nach Hause.

Sie räumten die gekauften Sachen in die Kammer neben der Küche. Bill schaute über die vollen Regale: „Einige Zeit können wir sehr wohl auskommen und Getränke lassen wir uns bringen, er grinste und stupste Maya an die Nase.

„Machst du uns nochmal so einen leckeren Cocktail?"

„Ich mache uns einen Wurstsalat und wir trinken ein Weißbier, magst du?"

„Eine sehr gute Idee."

Mit diesen Worten verschwand Bill wieder ins Büro, setzte sich an das Laptop und schon fing er an zu recherchieren. Er dachte sich: - da bin ich aber gespannt, wie das so Ostern vonstattengehen soll? –

Vier Wochen nach diesen ganzen Einschränkungen ist es wohl soweit, dass die Pandemie sich in Grenzen hält, jedoch soll noch Rücksicht und Geduld aufgebracht werden.

Die Altersheime und Unterkünfte der Risikogruppen dürfen nicht besucht werden. Die Kinder sind immer noch zu Hause. Was wird wohl der Osterhase dazu sagen. Oma und Opa durften besucht noch eingeladen werden. Die Einsamkeit nahm in vielen Wohnungen und Heimen Einzug, die einzige Untererhaltung war stundenlanges Sitzen und Liegen vor dem Fernseher, um die neuesten Daten und Fakten von Corona zu verfolgen, essen und trinken, - wie traurig.

Die Gottesdienste wurden abgesagt und es wurde ersatzweise digitales zuhören angeboten.

****

Bill schaltete sein Laptop aus. Für heute war es genug. Er ging in die Küche zu Maya, die beschäftigt war mit der Zubereitung des Wurstsalates.

Sie blickte kurz auf und bat ihn: „Kannst du uns schon mal ein Weißbier einschenken?"

Bill ging zum Kühlschrank, nahm zwei Weißbiere heraus, holte zwei Gläser, schwenkte diese mit kaltem Wasser aus und füllte sie sachte voll und zauberte ein saftig weißes Krönchen auf dem Weißbier.

Maya sah ihm zu und lächelte:" Schön machst du das!"

Sie trug die beiden Teller mit dem Wurstsalat und einen Korb mit frischen Brezen zur Lounge und Bill folgte ihr.

Schweigend stellten sie Teller, Gläser und das Brot auf den Tisch, dann holte sie noch bayerische Servietten und drapierte diese neben den Tellern, setzte sich und Bill tat es ihr gleich. Sie prosteten sich zu:

„Auf einen schönen Abend."

„Schöner wäre es schon bei diesem Wetter im Biergarten zu sitzen mit ein paar Freunden", meinte Bill.

„Ja, schon. Aber so ist es doch auch gut."

„Na, ja. Aber schon ein bissl langweilig."

„Weißt du was, wir spielen nach dem Essen Monopoly. Das haben wir schon lange nicht mehr gemacht. Ist das eine gute Idee?"

Maya freute sich und strahlte über das ganze Gesicht: „Da halte ich sehr viel davon und freue mich. Schau, da sind wir jetzt noch nie dazu gekommen, seit wir zusammen-wohnen. Meistens waren wir auswärts essen, oder kamen zu spät von der Arbeit und waren zu müde. Ich freu mich."

Ein kurzes Schweigen. Beide aßen genüsslich den Wurst-salat und tranken Bier.

Als sie fertig mit dem Essen war, fragt sie Bill: „Was wollen wir denn Ostern machen?"

„Das Wetter ist schön und ich hatte an eine Radtour ge-dacht. Wir können auch einen weiten Spaziergang an der Isar machen. Ich frage Katja und Fred, ob sie Lust haben mit zu fahren oder zu gehen. Dann kann ich wieder mal einen Weibchen Tratsch haben und du kannst dich mit Fred über Sport und so unterhalten. Vielleicht nehmen wir auch Federballschläger mit und spielen ein Match."

„Klasse, gefällt mir. Du holst das Monopoly und ich mache inzwischen die Küche sauber", bot Bill an.

„Perfekt!"

Bis zum späten Abend, fast schon Mitternacht, saßen Maya und Bill zusammen und spielten Monopoly und hatte jede Menge Freude dabei, und jede Menge Cocktails dazu getrunken. Es wurde immer lustiger und nichts mehr war von dem eigenartigen Gefühl, das Corona verbreitet, zu spüren. Die Freude und der Spaß am Leben sind in beide Herzen wieder eingekehrt und sie kichern und lachen, und dachten nicht an die Schwere der Zeit, bis die Türklingel läutete. Verdutzt schauten sich Maya und Bill an. Bill stand auf und öffnete die Tür, erstaunt sah er auf zwei Polizisten.

„Guten Abend", mit finsterem Gesicht baten sie um Einlass.

„Darf ich fragen, warum?", antwortete Bill.

„Sie feiern in Ihrer Wohnung. Einige Leute im Haus haben sich beschwert. Sie wissen, dass Sie keine Freunde einladen, und keine Partys und dergleichen feiern dürfen während der Ausgangseinschränkung."

„Ja, das weiß ich und nein, wir feiern keine Party. Ich bin mit meiner Freundin zusammen und wir haben Monopoly gespielt und dazu getrunken."

„Dürfen wir reinkommen?"

„Ja, bitte sehr!", Bill öffnete die Wohnungstür und bat mit einer einladenden Handbewegung die Polizisten in die Wohnung und leitete sie zur Lounge.

Dort angekommen blickte Maya etwas irritiert auf die Polizisten und stand auf und sah fragend zu den Männern.

„Wer sind sie?", wandten sich die Polizisten an Maya.

„Ich bin die Freundin von Herrn Bill Forster und wohne hier, und wer sind sie? Darf ich Ihren Ausweis sehen?"

Der Polizist zeigte nun seinen Dienstausweis und sagte: „Darf ich nun um Ihren Ausweis bitten?" „Erstmals möchte ich Sie bitten, mir zu sagen warum!", etwas aggressiv antwortete Maya, bedingt durch den Genuss einiger Cocktails.

„Wir bekamen einen Anruf, dass hier in Ihren Räumen eine Party gefeiert wird und müssen dem natürlich nachgehen. Dürfen wir kurz in die Räume Ihrer Wohnung schauen, um uns zu vergewissern, dass alles ok ist?"

Bitterböse schaute Maya die Polizisten an: „Und wer hat da bei Ihnen angerufen und uns angeschwärzt?"

„Das war ein Herr Reiter Helmut." Maya führte die Herren durch die Wohnung.

Nach der Besichtigung verabschiedeten sich die Polizisten und entschuldigten sich für die Störung und baten, die Musik leiser zu machen und doch im Wohnzimmer weiter zu spielen.

Bill begleitete sie zur Tür und verabschiedete sich höflich.

Zurück auf dem Weg zu Maya schimpfte er vor sich hin.

„Das geht etwas zu weit, finde ich. Ich habe keine Lust, mich kontrollieren zu lassen, was ich in meiner Wohnung mache und mit wem ich in meiner Wohnung bin. Mir reicht es schon, dass ich gezwungen werde, mich mit niemand zu treffen, nirgends hinzugehen, außer Einkauf, Arzt und Spaziergang. Das gefällt mir nicht!", er haute mit der Faust auf den Tisch des Wohnzimmers.

„Beruhige dich, mein Schatz. Mir gefällt dieser Überfall ebenso nicht. Ich respektiere aber, dass die Polizisten ihre Arbeit machen müssen. Komm, hier hast du einen neuen Drink, setze dich auf das Sofa, trink einen Schluck. Ich räume auf und komme dann zu dir.", mit diesen Worten reichte sie ihm einen Drink und platzierte ihn auf das Sofa.

Als sie die Lounge aufgeräumt hatte, setze sie sich, in der Hand ein Tablett mit zwei Espressi zu Bill, stellte es auf den Tisch und kuschelte sich an Bill, welcher sich mittlerweile beruhigt hatte.

„Wo wohnt denn dieser Herr Reiter. Bei uns im Haus doch nicht. Zumindest kenne ich ihn nicht?"

„Ich habe keine Ahnung, interessiert mich auch nicht."

„Mich interessiert dies aber schon und werde mich morgen auf die Suche machen."

Die gute Stimmung war verflogen, der Cocktail schmeckte nicht mehr. Sie tranken den Espresso, machten die Lichter aus und gingen ins Bad um sich bettfein zu machen. Schweigsam, die Worte waren verschwunden.

Mit einem Bussi und Gute Nacht Wunsch kuschelten sie sich unter die Decke, doch sie konnte nicht einschlafen, war unruhig und wälzte sich von einer Seite auf die andere.

„Was hast du, Maya?"

„Angst!"

Strahlender Sonnenschein weckte das Pärchen. Der Einfluss des Alkohols, die schlechte Stimmung samt Angst war verflogen. Unbeschwert standen sie auf und begannen den neuen Tag.

Beim Frühstück fraget Bill: „Hast du Lust mit dem Cabrio zu fahren. Ich möchte sehen, was so auf den Straßen los ist?"

„Dann kommt wieder ein Polizist! Ich mag das nicht, ich habe ein unheimliches Gefühl."

„Brauchst du nicht mein Schatz, du hast nichts verbrochen und hast deshalb auch nichts zu befürchten. Schlag sie mit deinem Charme!"

„Ich fühle mich aber nicht mehr geschützt durch den Rechtsstaat sondern bedroht!"

„Das meinst du nur so. Die Polizisten haben dich doch nicht bedroht."

„Nein, haben sie nicht. Aber kontrolliert. Ohne Durchsuchungsbefehl, Gerichtsbeschluss usw. meine Wohnung durchsucht!"

„Du bist halt Zeit deines Lebens die Freiheit gewohnt. Jetzt vergiss den Vorfall einfach. Komm zieh dich an, das Wetter ist schön und wir machen eine Tour mit dem Cabrio."

„Oh ja, das freut mich!"

Maya zog sich ein Sommerkleid an und setzte einen passenden Hut auf, die langen Haare fielen über ihre Schulter und sie sah aus wie eine Frühlingsblume. Bill war lässig in kurzer Hose und trug ein Capy.

So betraten sie die Garage, setzten sich in das Auto, drückten auf den Knopf, das Dach verschwand in den Kofferraum und sie fuhren auf die Straße. welche fast ohne Autos war, erstmals durch die Stadt. Strahlender Sonnenschein, absolut ruhig. kein Stressfaktor, ungewohnt angenehm.

„Prima, das gefällt mir so!"

Maya schloss die Augen unter ihrer flotten Sonnenbrille, sang lauthals mit den Wise Guys das Lied – jetzt ist Sommer-, welches aus dem Radio dröhnte. Bill sah sie an und lächelte zufrieden.

Als das Auto an der Ampel hielt, fragte Maya: „Sag mal Bill, dürfen wir das eigentlich, hier so ohne Grund mit dem Auto zu fahren?"

„Eigentlich nicht ohne triftigen Grund!"

Einige Minuten Schweigen, dann fragte sie:

„Und, welchen triftigen Grund haben wir?"

„Keinen!"

„Du machst mir schon wieder Angst!"

Bill streichelte Mayas Wange und sah sie liebevoll an.

„Ich habe doch meinen Ausweis als Journalist dabei. Falls uns jemand aufhält, bist du meine Assistentin und wir berichten für den ADAC über den Verkehr auf Bayerns Straßen."

Er lächelte ihr zu, während sie beruhigt nickte.

Sie lehnte sich wieder zurück und genoss es, endlich aus dem engen häuslichen Raum, indem sie sich bewegen musste, auszusteigen, um zu spüren, wie toll es ist, einfach nur zu fahren, wohin man wollte, ohne anzuhalten, und vielleicht irgendwo Kuchen essen. Aber egal, sie war auch so schon sehr zufrieden.

Sie fuhren auf die A8, die meistens um diese Zeit und bestimmt am Samstag, voll gewesen wäre.

Nun, leere Autobahn, schönstes Wetter, kein einziges Flugzeug am Himmel, nur schön. Sie fuhren langsam mit den wenig anderen Autos.

Sie kamen zur Grenze. Dort hielten ungefähr fünf Autos.

„Du nimmst jetzt bitte deinen Hut und deine Sonnenbrille ab und schaust freundlich geschäftlich!"

Maya tat dies wie geheißen.

Ein Polizist mit Maske hielt uns an. Bill fragte ihn:

„Soll ich die Maske anbringen?"

„Nein, nein!" antwortete der Beamte. Vermutlich war es ein Polizist, man konnte es aber nicht wirklich erkennen. Er sah sich meinen Presseausweis an und guckte fragend auf Bill und Maya.

„Was haben sie vor?"

„Wir haben einen Auftrag vom ADAC, und sollen über das Verkehrsaufkommen, die Sicherung und die Verbindlichkeit der Beamten berichten. Und das tun wir hiermit!"

„Und wann reisen Sie wieder ein?"

„Wir treffen uns mit dem Verkehrsminister Hofer in Innsbruck, den wir interviewen sollen und reisen über Garmisch heute wieder zurück." Auf einmal wesentlich freundlicher und zuvorkommender verabschiedete er sich. Sie fuhren weiter. Nach einigen Kilometern klopfte Maya Bill auf dem Arm: „Halt mal an, bitte!"

Bill fuhr noch einige Zeit, bis er ein nettes Plätzchen neben der Autobahn fand, bog ab und hielt an.

Maya lehnte sich zurück und fing lauthals an zu lachen.

„Also, du bist mir einer. du kannst so überzeugend lügen. Das hätte ich dir auch geglaubt. Das könnte ich nicht!"

Bill, nahm sie in den Arm und lächelte sie an:

„Darum hast du auch Angst!", er lächelte sie an: „du bist so brav, gerade deshalb mag ich dich."

„Und du, hast du nie Angst?"

„Nein, vor was denn? Ich bin mir sicher, dass mir immer etwas einfällt. Und nun fahren wir über den Achenpass wieder nach Hause.

„Was erzählst du dann wieder?"

„Keine Ahnung, das lasse ich einfach auf mich zukommen."

Sie fuhren die Landstraße entlang, über Maurach kamen sie zum Achensee, der wie im Bilderbuch glänzend und strahlend mitten in dieser herrlichen Berglandschaft lag. In Achenkirch angekommen parkten sie am Parkplatz vor dem Fischerwirt. Ein sehr schönes Restaurant. Bill hatte dies schon einige Male besucht. Nun war es leider geschlossen und so gingen am Achensee spazieren. Wenige

Leute, alle mit Mundschutz versehen, flanierten den See entlang. Nach einer halben Stunde kehrten sie wieder um.

„Nun lass uns nach Hause fahren!", bat Maya, mir reicht das nun schon wieder. Ich habe das alles gesehen und mir gefällt so ein Ausflug nicht."

„Das ist auch meine Meinung!"

Sie setzten sich wieder ins Auto und fuhren über den Achenpass. Die Grenze war offen. Links saßen drei Uniformierte und winkten uns zu.

„Hmmh. Jetzt weiß ich nicht was ich dazu sagen soll."

„Das sieht aber nicht so aus als seien die Grenzen geschlossen."

„Nein, finde ich auch."

Einige Kilometer weiter waren auf einmal Verkehrsschilder – 30km-, -10 km, Polizei, Stopp.

Dort sahen sie ein Polizeiauto und ein einzelner Polizist kam auf sie zu und blickte freundlich ins Auto.

Bill zeigte ihm seinen Presseausweis und sagte:

„Wir machen Pressearbeit für den ADAC und waren gerade in Innsbruck, um den Verkehrsminister Hofer zu interviewen und fahren nun wieder zurück."

„Gute Fahrt!" Der Polizist tippte sich an der Mütze und ließ uns fahren, ohne irgendetwas zu erfragen oder zu kontrollieren.

„So das war es, mit dem Ausflug ins Ausland."

Gemächlich und ungestört erreichten München, fuhren nach Hause, parkten in die Garage, verließen den Peugeot und gingen die Treppen hinauf. Bill sperrte die Tür auf, Maya trat ein. Die Schuhe von ihren Füßen streifend, den Hut auf den Garderobenhaken werfend, pflätzte sie sich auf das Sofa.

„Machst du mir bitte einen Drink, Schatz. Ich bin geschafft."

„Ja, gerne."

Bill, mit Weißbier, einem Teller mit Käse und lecker duftendem Speck belegt, bepackt, rief nach hinten blickend:

„Kommst du Liebes."

Maya sprang auf und folgte ihm.

„So Prost!", sagte Julia: „Das war aufregend. Nun bin ich froh hier zu sein und werde die nächste Zeit nicht mehr Lust haben, wegzufahren!

Der nächste Tag folgte wieder mit Sonnenschein. Es war unglaublich schön. Maya und Bill begannen den Tag sehr euphorisch. Gleich nach dem Frühstück begaben sie sich ins Büro. Bill arbeitete sich durch einige berufliche Aufgaben. Das Interesse dafür war nicht allzu groß. In seinem Kopf entstanden ungelöste Fragen bezüglich Corona und er fing wieder an zu recherchieren.

Maya fand nicht so richtig ihren Zugang zur Maya Geschichte. Immer wieder fiel ihr ein, dass sie sich ja diesen Herrn Reiter vorknöpfen wollte.

„Du Schatz?", mit diesen Worten betrat sie das Büro: „ich möchte den Reiter suchen, der uns bei der Polizei angezeigt hat. Ich muss immer an ihn denken. Brauchst du mich? Kannst du mich einige Zeit entbehren?"

Kurz blickte Bill von seiner Arbeit auf: „Ja, mach das. Aber nur, wenn du mir versprichst, dich nicht zu ärgern!" Er grinste ihr zu und Maya verließ das Büro.

Mit Jeans und T-Shirt bekleidet, eine leichte Jacke darüber, verließ sie die Wohnung. Erstmals ging sie im Haus ganz nach oben und guckte auf jedes Türschild, kein Reiter zu finden im ganzen Haus. Draußen guckte sie sich die Nachbarn an. Neben ihrem neugebauten, sehr mondänen Neubau stand, etwas im Hintergrund mit Zaun und großem Garten umgeben, ein Einfamilienhaus. Sie ging zur Gartentür und las, - Reiter Helmut -, lugte über das Grundstück. Sehr viele Bäume standen dort, sämtliche Bäume und Büsche zeigten die ersten Knospen und einzelne blühten bereits, sonst nur Totenstille. Gut, es war ja auch erst zehn Uhr morgens. Vielleicht war sie doch etwas zu früh dran. Sie wollte es auf alle Fälle probieren und läutete. Einmal, zweimal…., sie hörte Schritte und ein alter Mann kam zur Gartentür. Er blieb stehen und blickte sie an und sagte mit angenehmer, doch fester Stimme. „Wenn Sie mir was verkaufen wollen, sage ich Ihnen gleich, ich kaufe nichts an der Tür. Also sagen Sie schon was Sie möchten."

„Ich bin Maya Larcher und wohne nebenan. Mein Freund und ich haben gestern Abend Monopoly gespielt und tranken dabei einige Cocktails. Nach all diesen Corona Wirrwarr hatten wir Lust, mal wieder Spaß zu haben und zu lachen. Ich möchte mich entschuldigen, wenn ich Ihre Ruhe gestört habe."

Der Mann blickte sie nun freundlich an: „das kann ich gut verstehen. Mir geht´s nicht anders. Nur ich kann vor lauter Corona Sorge und Angst nicht mehr einschlafen und dachte mir – wie wenig Respekt die jungen Leute haben für diese Pandemie und wie wenig Rücksicht sie nehmen auf ältere Leute.“

„Oh, das tut mir aber sehr leid. Ich entschuldige mich und verspreche, dass es nie wieder passieren wird.“

„Ist schon gut. Wir kennen uns nicht und wenn ich Sie gekannt hätte und eine Telefonnummer gehabt hätte, dann hätte ich mich melden können. Aber man kennt ja niemanden mehr.“

Maya sah ihn an und merkte, dass er eine Träne verlor.

„Entschuldigen Sie, aber die Pollen im Frühjahr machen mir zu schaffen.“

„Darf ich kurz ins Haus, ich muss ganz dringend auf die Toilette?“,frägt Maya den Mann.

„Ja, aber natürlich, kommen Sie doch rein.“

Er öffnete die Tür und, Maya drängte sich durch die Pforte und blieb hinter ihm stehen und folgte ihm dann.

Er blieb auf einmal stehen:

„Haben Sie keine Angst, dass wir uns anstecken?“

„Nein, ich war immer zu Hause und nur mit meinem Freund zusammen und mein Freund auch.“

„Ich war nur in diesem Haus, also habe ich mich gar nicht anstecken können.“

„Wie haben Sie sich denn versorgt. Haben Sie genug zu essen im Haus?"

„Nein, bei mir kommt jeden Tag der Pflegedienst. Die versorgen mich gut, auch mit Lebensmittel und Getränken."

Sie betraten das Haus und der ältere Herr zeigte ihr den Weg zur Toilette. Maya musste nicht zur Toilette, sie wollte nur länger bei diesem Mann bleiben, um sich mit ihm bekannt zu machen. Also tat sie nur so, betrat die Toilette, betätigte nach einiger Zeit die Spülung, schloss die Toilettentür und ging in das Wohnzimmer. Ein gemütliches, sehr altmodisch eingerichtetes Zimmer mit großem Fenster und großer Tür zum Garten. Der Mann hatte Kaffee und Kuchen auf den Tisch im Garten gestellt und bat sie, Platz zu nehmen.

Maya setzte sich zu ihm und fing an, den Kaffee zu trinken und den Kuchen zu essen.

„Was arbeiten Sie und ihr Freund?", fragte der Mann.

„Wir arbeiten in derselben Firma, bei einer renommierten Zeitschrift in München. Mein Freund ist waschechter Münchner und ich bin aus Würzburg."

Als Maya erwähnt hatte, dass sie aus Würzburg sei, fing der Mann an zu schluchzen. Maya legte ihre Gabel auf den Teller zurück und fragte ihn: „Was ist denn los, warum weinen Sie jetzt. Bin ich schuld? Kann ich Ihnen helfen?".

Der Mann hatte sich wieder beruhigt und Maya auch. Dann fing der Mann an zu sprechen: „Entschuldigen Sie, dass ich die Fassung verloren habe. Ich bin auch gebürtiger Würzburger. Ich habe erlebt, wie Würzburg zerstört wurde. Ich war damals 15 Jahre alt." Er fing wieder an zu schluchzen. Maya nahm seine Hand und streichelte sie. Nach einiger Zeit hatte er sich beruhigt.

„Erzählen Sie weiter!", meinte sie: „ich höre Ihnen gerne zu."

„Wirklich?", verwundert sah er sie mit wunderschönen blauen, mit Tränen gefüllten Augen, an.

„Ja, wirklich!"

Maya schlürfte an ihrer Kaffeetasse und sah ihn über den Rand an.

Da fing der Mann zu sprechen an:

Es war der 16. März 1945. Meine Mutter hatte einen kleinen Zigarettenladen in Würzburg, verkaufte Zigarren, Zigaretten und Zeitschriften. Mein Vater restaurierte alte Möbel, für das Kloster in Würzburg. Wir hatten eine Haushälterin, die war meistens zuhause. Ich war unterwegs mit meinem Fahrrad, es war sehr warm, so warm wie jetzt. Ich fuhr einen Nagel in meine Bereifung und schob es zurück nach Hause. Wir wohnten direkt in der Stadtmitte. Ich ging ins Haus und holte mir bei Rosa etwas zu trinken und erzählte ihr, dass mein Rad kaputt war. Sie machte mir ein Brot und gab mir ein großes Glas Saft zum Trinken. Da fingen die Sirenen laut an zu heulen. Rosa und ich samt Brot flüchteten in den Keller. Dort hatten wir einen Eimer Wasser zum Trinken, und eine Gießkanne Wasser zum Löschen stehen. Es war nichts Besonderes hier zu sein, das geschah öfter und niemals war etwas passiert. Ich aß sogar mein Brot mit Ruhe weiter.

Wir hörten die Flugzeuge und die Bomben und spürten wie sie mit einem Riesenkrach auf unser, unter dem Druck wankendem Haus, fielen.

„Raus, raus…schrie Rosa!!", riss mich bei dem Arm, gab mir die Gießkanne, nahm den Eimer Wasser und wir flüchteten aus dem Keller.

Als wir oben waren, mussten wir durch Steine und Bretter klettern. Eine Feuerbrunst fegte uns entgegen. Rosa stülpte mir den Eimer Wasser über Kopf und Kleider, gab mir ihre Schürze, welche sie davor ins Wasser legte, bedeckte meinen Kopf und mein Gesicht, zog ihren Unterrock aus, machte ihn auch nass, band ihn über Haare und Gesicht und schüttete den Inhalt der Gießkanne über den Kopf..

-und nun läufst du hinter mir her und lässt dich durch nichts ablenken, schrie sie mich an-.

Er fing, in dieser Erinnerung verweilend, wieder an zu schluchzen und zu weinen und sah Maya mit seinen traurigen, wunderschönen Augen an.

Maya nahm den Mann in ihre Arme und schaukelte ihn hin und her, wie ein kleines, sich nach Trost sehnendes Kind. Nach einiger Zeit hatte er sich beruhigt, nahm einen Schluck Kaffee und sprach weiter.

„Ich lief hinter Rosa her und lief und lief, es war sehr heiß, so heiß, dass man fast verbrannte. Die Feuerbrunst verbreitete so einen Sog, dass die Leute stürzten, aufstanden und wieder liefen. Nur die alten Leute schafften es nicht. Ein alter Mann fiel vor meinen Augen, ich bin fast über ihn gestürzt. Er schrie: - hilf mir Junge – hilf mir!!! Ich bückte mich und wollte ihn mit zerren. Rosa kam auf mich zu, riss mich beim Arm und zerrte mich weg. Ich weinte bitterlich, den Blick nach hinten gerichtet und sah Menschen, die in der Feuerbrunst verbrannten und fürchterlich schrien. Ich wollte vor Schreck nicht mehr laufen. Rosa drehte sich um und schlug mir ins Gesicht, einmal links, einmal rechts. Ich fing noch mehr an zu weinen. Rosa zerrte mich bei der Hand aus der Feuerbrunst und zog mich bis zum Main. Dort lief sie mit mir ins Wasser und spülte mir die Funken aus dem Haar und aus der Kleidung. Dann setzten wie uns auf die Steine. Ich weinte nicht mehr. Ich starrte nur noch auf Würzburg, Eine riesige Rauch- und Feuerwolke war zu sehen, mehr nicht. Rosa nahm mich in den Arm und wiegte mich hin und her.

Herr Reiter wischte sich die Tränen aus den Augen. „Tut mir leid, wenn ich die Fassung verloren habe. Vor Kurzem war der Jahrestag, 75 Jahre sind vergangen und ich kann es nicht vergessen. Viele Nächte bin ich in der Nacht schreiend aufgewacht, auch heute noch und gestern auch. Diese Zeit, dieser März, diese Wärme, haben mich so erinnert und deshalb habe ich auch angerufen bei der Polizei."

„Herr Reiter, wie alt sind sie denn, wenn ich fragen darf?"

„Ich bin 90 Jahre, warum?"

„Ich nehme an, sie hatten viel Schrecken in Ihrer Jugendzeit und nun im Alter sind Sie wieder Ängsten ausgeliefert und allein. Das find ich ganz, ganz schlimm. Kümmert sich niemand, außer der Pflegekraft, um sie?"

„Nein, ich bin immer allein. Und nun kann ich nicht einmal rausgehen wegen diese Ausgangseinschränkung."

Er fing bitterlich an zu weinen.

„Außerdem habe ich schrecklich Angst. Die Berichte im Radio und Fernsehen machen mir Angst. Es sterben doch nur alte Menschen und ersticken erbärmlich."

Maya nahm ihn wieder in den Arm.

„Herr Reiter, Sie sind nicht mehr allein, Mein Freund und ich, wir werden uns um Sie kümmern. Hier ist unsere Telefonnummer. Falls das Telefonieren nicht klappt, wir wohnen rechts im Nachbarhaus, im 2. Stock. An der Tür steht; Larcher/Forster. Sie können jederzeit klingeln."

„Melden Sie bitte nichts an den Sozialdienst, sonst muss ich in ein Heim und das will ich nicht."

Er schluchzte wieder sehr ängstlich. Beruhigen Sie sich, ab jetzt sind wir bei Ihnen und lassen dies nicht zu.

„Ich muss heim!", sagte Maya. Herr Reiter stand auf und begleitete sie durch den Garten bis an die Pforte und verabschiedete sich und winkte ihr noch lange zu.

„Bis bald", sagte Maya: „Ich komme jeden Tag zu Ihnen."

Sie ging noch eine Runde um den Häuserblock. Sie musste sich erst abreagieren, bevor sie dieses Geschehnis Bill erzählte. Sie befürchtete, dass sie sonst sofort zu heulen anfing und Bill mochte das nicht. Die Tränen saßen ihr schon sehr nahe.

Wenn sie sich vorstellte, diese Grausamkeit, die dieser Mensch erleben musste, welche er ein ganzes Leben nicht vergessen kann und immer noch traumatisiert ist. Wie sehr mussten die Kinder und die Jugendlichen der Flüchtlinge traumatisiert sein, die seit mehreren Jahren in schlechtesten Lagern flüchten vor Krieg und Hungersnot und niemand ist imstande, diese armen Menschen aufzunehmen. Sie ertrinken im Meer und alle schauen weg.

Sie dachte an die schöne Zeit, als man auch noch gemütlich ein Zigarettchen rauchen konnte, auch dies wurde verboten! Sex nur noch mit Kondomen, außer bei Partnern.

Wie schön musste es meine Großmutter gehabt haben. Hippiezeit – wir lieben uns alle -. Nackt auf den Straßen in München rumlaufen, nackt nur mit Blumen im Haar an der Isar oder im Englischen Garten liegen, dröhnende Live Musik, Drags and Rock´n Roll. Das wäre eine Zeit gewesen, die ihr gefallen hätte. Sie bekam wieder Angst. Kannte eigentlich die Hippie Jugend Angst? Sieht nicht so aus und die Lieder hören sich nicht so an.

In diesen Gedanken versunken kam sie nun bei ihrem Haus an. Sie sperrte die Haustür auf und hastete in den 2. Stock. Immer zu Fuß. Sie liebte es zu Fuß zu laufen und Treppen zu steigen, oftmals tat sie es auch rückwärts, wegen der dicken Po Backen.

Sie sperrte die Wohnungstür auf. „Hallo Schatz!" schrie sie aufgeregt.

„Was ist los?" meldete sich Bill aus dem Büro.

Maya ging ins Büro und setzte sich auf das kleine rote Sofa.

„Ich war bei Herrn Reiter, er wohnt nebenan in dem Haus mit dem großen verwilderten Garten, auf dem Bäume und Sträucher wuchern."

Kapitel 3

Künstliche Herstellung von Viren

Maya und Bill saßen zusammen mit ihren Laptops auf dem Schoß bei einem Bierchen und machten sehr besorgte Gesichter:

„Also, sag, was hast du recherchiert, mein Schatz?", fragte Maya.

„Tja, da hat es mir nun fast die Sprache verschlagen. Man kann tatsächlich schon künstlich Viren herstellen. Da lies diesen Bericht, welchen ich auf Telepolis gefunden habe!"

Mit diesen Worten schob Bill sein Laptop auf den Schoß von Maya und trank einen großen Schluck Bier und lehnte sich zurück.

„Oder warte, besser ließ ihn mir laut vor, dann kann ich mir das Unglaubliche nochmals reinziehen!"

Maya sah Bill an, nahm auch einen Schluck Bier und fing an zu lesen:

„Am 12. Juli 2002 schrieb Florian Rötzer einen Bericht über:

Der erste künstlich zusammengebaute Virus

Wissenschaftler haben aus chemischen Verbindungen Polioviren herstellen können, die zudem fast so tödlich waren wie ihre natürlich existierenden Verwandten.

Wissenschaftlern ist es erstmals gelungen, wie sie in der aktuellen Ausgabe von Science berichten, über öffentlich zugängliche Informationen und einer Versandfirma einen Virus aus den chemischen Bestandteilen künstlich, d.h. ohne eine Wirtszelle, aufzubauen. Die im Labor in zweijähriger Arbeit erzeugten Virenkopien seien praktisch ununterscheidbar von seinem natürlichen Original – auch was seine Infektionsfähigkeit betrifft. Der von ihnen hergestellte Poliovirus tötete, ebenso wie der natürliche Virus, Mäuse. Das eröffnete möglicherweise düstere Aussichten auf die Herstellung besonders gefährlicher Viren und Bakterien für die Kriegsführung oder für terroristische Anschläge.

Maya musste schlucken und sah Bill an.

„Du glaubst, dass dies ein terroristischer Anschlag ist?"

Bill antwortete besorgt: „Ich nehme es mal an, könnte ja sein. Gehe halt mal davon aus, dass es so ist. Hätte auch niemals jemand gedacht, dass es jemals möglich ist, einen terroristischen Anschlag, mit zwei Flugzeugen samt Fluggästen in die World Trade Center fliegen zu lassen, um und diese zu zerstören. Ich persönlich glaube diesbezüglich an alles ist möglich."

„Du machst mir schon wieder Angst!"

„Angst vor dem Ungewissen ist das älteste Gefühl der Menschheit!"

„Hast du keine Angst vor dem Ungewissen?"

„Nein, nur Abscheu vor der Gewissheit. Wir wollten recherchieren und nun tun wir das. Wir erzählen uns was wir recherchiert haben. Miteinander schaffen wir es vielleicht, eine Wahrheit zu finden. Ich möchte dich nur aufmuntern, abstrakt zu denken und nicht in deiner Angst die

Augen verschließen, eine Maske aufsetzen und ein Werkzeug ohne Hirn zu bleiben. Sorry."

„Das war jetzt nicht nett von dir. Wenn du so mit mir sprichst, habe ich keine Lust mich auf ein weiteres Gespräch einzulassen!"

„Ist ja gut, ich gelobe Besserung! Diese Recherchen wühlen mich sehr auf!"

Sie sah wieder auf den Bildschirm des Laptops und las weiter:

- ob Viren nun tatsächlich Lebewesen oder lebendige Zellen sind, darüber sind sich Wissenschaftler noch immer nicht ganz einig, die Wissenschaftler von der Stony Brok University in New York; die das künstliche Virus hergestellt haben, sagen, dass sich Viren sowohl als eine chemische Verbindung, als auch als „lebendige" Wesen verstehen lassen. Allein sind nur Mayaum imstande, sich zu vermehren oder irgendeine Biosynthese auszuführen. Sie lassen sich im Unterschied zu der lebendigen Zelle kristallisieren, so dass sich daraus chemische Verbindungen erkennen lassen. Sie bestehen aus DNA oder RNA, die von einer Proteinhülle umgeben ist.

Maya musste eine Pause machen: „Es könnte also möglich sein? Das war 2002 und nun haben wir 2020. 18 Jahre später. Ich bekomme noch mehr Angst!"

„Also gut."

Der Poliovirus, welches die Kinderlähmung hervorruft, besitzt nur einen einzelnen RNA-Strang mit gerade einmal 7741 Basen Insgesamt weist er fünf unterschiedliche Makromoleküle auf. Das Genom ist schon seit 2o Jahren kartiert, auch die dreidimensionale Kristallstruktur ist bekannt. Die Wissenschaftler besorgten sich die chemischen Bausteine, die aus der Analyse des Genoms bekannt sind.

Maya machte wieder eine Pause: „Ich wusste nicht, dass ein Virus die Kinderlähmung verursachte und verbreitete. also ansteckend ist."

„Ich auch nicht!", antwortete Bill: „klärt einen auch niemand auf und von selbst kommt man ja nicht auf die Frage, woher kommt diese Krankheit? Wir meinen und glauben an das Gute der Ärzte und Wissenschaftler, lies weiter."

Die Gensequenzen können von jedem im Internet eingesehen werden. Diese chemischen Verbindungen waren „völlig unabhängig von viralen Komponenten". da RNA chemisch instabil ist, übersetzten die Wissenschaftler die RNA Sequenz in eine DNA Sequenz, indem jede Uracil-Base durch eine Thymin-Base ersetzt wurde. Solche DNA Stränge bestellten sie sich bei einer Firma im Internet. Allein ein Jahr benötigten die Wissenschaftler, um ein Drittel des DNA-Strangs zusammenzuführen. Dann wurde durch eine DNA-Synthese-Firma in zwei Monaten der Rest zusammengebaut. Um den künstlichen Virus vom natürlichen Virus zu unterscheiden, brachten die Wissenschaftler 10 Marker, kleine Veränderungen am Code an.

Maya machte Pause: „Meinst du nicht auch, dass alle Wissenschaftler, die wir ständig im Fernsehen sehen, das wissen müssten. Was meinst du?"

„Ich nehme mal an das Virologen natürlich Kenntnis darüber haben. Wahrscheinlich noch viel mehr. Denke daran, dass dies alles 20 Jahre her ist und ich noch nicht weiter recherchiert habe, wie der Stand nun ist, lies weiter."

„Ja gern. Ich finde es sehr spannend!"

„Keine Angst?", grinste er sie an.

„Nein, ist verflogen!"

****

Um das Virus herzustellen, musste dann die DNA wieder in virale RNA übersetzt werden. Das geschah mit einem zellenfreien Extrakt von RNA-Polymeräse. Hier konnte sich der infektiöse Virus neu synthetisieren. Tatsächlich verhielt sich der künstlich zusammengebaute Virus normal: Er vermehrte sich, wurde von Antikörpern abgewehrt und Mäuse, denen der künstliche Poliovirus injiziert wurde, zeigten die Lähmungen, die ein natürlicher Virus bewirken würde. Allerdings war die Gefährlichkeit des künstlichen Virus geringer, was die Wissenschaftler auf die Marker zurückführen. Es waren 1.000- bis 10.000-mal so viel künstliche Viren notwendig, um eine Maus zu töten.

Bill fuhr Maya ins Wort: „Also faktisch konnte aus dem z.B., Influenza-Virus, ein künstliches Virus produziert werden, welches dann einer DNA - Veränderung erfuhr. usw. usw."

Maya las weiter:

Die Herstellung ist ganz einfach gewesen, sagten die Wissenschaftler. Sie hätten zeigen wollen, dass man so etwas machen kann. Man habe bislang zwar von der möglichen künstlichen Herstellung eines Lebewesens gesprochen, ohne wirklich daran zu glauben, „Jetzt ist es Wirklichkeit!"

****

Maya hielt beim Lesen an und meinte zu Bill: „Das klingt ja wie bei den künstlich hergestellten Menschen. Da haben sie doch auch mal angefangen so vor 40 Jahren und die erste Samenbank eröffnet und damit eine neue Art der Empfängnis und der künstliche Befruchtung in die Welt gerufen, welche so kolossal angenommen wurde, sodass es ca. neun Millionen künstliche gezeugte Menschen gibt auf dieser Welt. Da fällt mir ein schreckliches Bild ein, das kürzlich im Fernsehen ausgestrahlt wurde.

Die Ukraine besitzt eine der weltweit größten Kinderwunschklinik, die künstliche Befruchtung samt zur Verfügung gestellter Leihmütter, anbieten. Es gibt keine internationale Gesetzgebung, die diese Kinder schützt und sichert, dass sie eine ihnen zustehende Abstammungsurkunde erhalten. Man weiß auch nicht, welche Anzahl eingefrorener Samen und Eizellen weltweit gehortet werden. Fakt ist, das die Menschheit längst in der Lage ist, eine neue Generation von Menschen zu schaffen, ohne die bisherige Zeugung zu beanspruchen.

In Kiew liegen an die 100 Babys kreischend und schreiend, da die Leihmütter ihre Aufgabe bei der Geburt als erfüllt gesehen haben und keinerlei Verantwortung tragen wollen. Die sich eingekauften Eltern durften wegen dem lock- down nicht einreisen. Fazit. die Babys liegen in der Klinik und gehören im Endeffekt niemand, Ich finde das so schrecklich und könnte weinen, wie unverantwortlich Menschen sich doch verhalten."

Maya schnäuzte sich und wischte sich die Tränen aus den Augen. Bill nahm sie in die Arme und tröstete sie.

„Das wusste ich ja nicht!"

„Ich weiß, du interessierst dich halt nicht für Babys."

„In diesem Zusammenhang nicht!", Bill überlegte kurz: „Ich frage mich nur; -könnte ja so Ähnliches passieren, vielleicht werden auch Viren künstlich hergestellt, um z.B., eine bestimmte Gruppe Menschen zu eliminieren. Rein prophylaktisch braucht man nur mit dem Flugzeug über ein Land fliegen und diesen Virus zu verstreuen, oder so."

„Ja, und auch synthetische Drogen herstellen und verbreiten"

****

„Bitte lies weiter!"

Obwohl frei zugängliche Informationen bzw. notwendige Utensilien für die chemischen Verbindungen leicht besorgt werden können, dürfte die Herstellung eines Virus im Labor ohne späteres Wissen nicht ganz so einfach gewesen sein, wie die Wissenschaftler provokativ behaupten. Provokativ ist ihr Experiment auch deswegen primär, weil sie dasselbe Ergebnis wohl auch an einem Virus hätten zeigen können, der nicht so gefährlich ist. Das wäre aber dann nicht so medienwirksam gewesen.

„Da haben wir es doch. Werbewirksamer weltweit ist wohl dieses Corona Virus. Man hört und sieht nichts mehr anderes!", meinte Maya. Mir wäre lieber man würde mehr von der Gefahr dieser Herstellung berichten und versuchen es zu unterbinden, oder wenn man über die Leihmutterschaft dieser Kinder berichten würde, um vielleicht eine internationale Gesetzgebung zum Schutz dieser, vielleicht noch nicht lebenden Kinder, zu erreichen. Mir wäre lieber, die Umwelt zu schützen und ständig täglich in den Medien die Dringlichkeit zu äußern!"

„Du hast Recht, nur das ist nicht gewollt, lies weiter."

Allerdings wollten die Wissenschaftler damit auch zeigen, dass man auch bereits ausgerottete Viren, wie der Pockenvirus, künstlich wiederherstellen lassen. Es gäbe also keinen Grund zur „Beruhigung", wenn eine gefährliche Infektionskrankheit verschwunden wäre.

Gegenwärtig (also 2002) hat es sich die WHO eben zur Aufgabe gesetzt, Pocken oder auch Polioviren weltweit auszurotten. Kann man Viren aber künstlich herstellen, so besteht jederzeit die Gefahr, dass besonders gefährliche Pathogene wie die Pockenviren, als Waffe eingesetzt und gezielt noch gefährlicher gemacht werden könnten, als die in der Natur vorkommende Viren. Werden die Menschen wie im Falle der Pocken nicht mehr geimpft, so könnten sie leicht zum Opfer von Anschlägen werden.

„Gut, jetzt sind wir bei dem Impfstoff, der unbedingt gefunden werden muss. Und da sind wir jetzt bei den uninformierten Menschen diesbezüglich, die demonstrieren und sich in ihren Grundrechten eingeschränkt fühlen. Dann kann ich nur sagen: - jeder hat das Recht auf ein verpfuschtes Leben -. man sollte die Menschen mehr aufklären, damit sie verstehen!", meinte Bill.

„Ich komme mir gerade so vor als wäre ich für eine höhere Gestalt zu einer lästigen Ameise mutiert, die vergiftet werden soll! Muss ich immer noch weiterlesen?"

„Ja!"

Als Konsequenz sollte man die noch in Russland und in USA vorhandenen letzten Kulturen vielleicht doch nicht vernichten und weiterhin große Vorräte an Impfstoffen anlegen (Anpassung der politischen Wirklichkeiten)

Allerdings bleibt die Frage, ob auch andere Viren, die komplizierter sind, künstlich auf dieselbe Weise montiert werden können. Der Pockenvirus beispielsweise hat bereits ein Genom aus 185.000 Basen Paaren, ist also über 20mal größer als der Poliovirus.

Ab jetzt (2002) ist mit dem künstlichen Poliovirus der erste Durchbruch gelungen. Mit entsprechendem Aufwand und Wissen scheint es also durchaus möglich sein, auch andere oder gar neue Viren oder vielleicht auch Bakterien künstlich herzustellen. Die Wissenschaftler fordern jedenfalls dazu auf, weiterhin Massenimpfungen durchzuführen, auch wenn der Virus bereits ausgerottet zu sein scheint. Das würde gegen Angriffe mit entsprechenden veränderten Viren auch nicht viel nützen. Und schließlich gibt es auch Versuche, nicht nur existierende künstliche Viren zu reproduzieren, sondern auch ein vollständig künstliches Virus herzustellen, welches es so noch nicht gibt.

„Wie kann ich das verstehen? Wurde 2002 bereits angekündigt, dass ein solches Virus hergestellt werden soll?

Ist es nun das Corona Virus? Sind deshalb diese massiven Einschränkungen angeordnet? Sagt man uns deshalb nichts, weil man uns nicht beunruhigen will?

War das die Warnung der Who, bzw. von Bill Gates.?

****

Bill stand auf: „So, das war es mit diesem Artikel. Lassen wir es erst sacken, mein Schatz. Komm schalt den Laptop aus und leg ihn weg.

Ich hätte so gerne einen Espresso und ein bisschen Gebäck und ein wenig Ruhe."

Maya räumte Bills Laptop ins Büro und kam mit Espresso, etwas Wasser, und kleinen Pfannkücherl mit frischen Äpfeln zur Lounge. Bill lag gemütlich auf der Liege. Maya stellte Espresso und Zutaten vor ihm auf den Tisch und setzte sich.

„Und, wie war es bei dir mit Herrn Reiter?", fragend sah Bill Maya an.

„Bevor du mich aufgefordert hast, diesen Artikel zu lesen, war das Gespräch mit Herrn Reiter sehr belastend für meine Psyche, und ich hatte Mitleid mit ihm. Er ist ein alter Mann, 90 Jahre und lebt ganz allein und hat Angst, dass er krank wird und ins Krankenhaus kommt und erstickt.

Er hat mir dann erzählt, dass er genau wie ich aus Würzburg kommt und mit 15 Jahren erlebt hat, wie Würzburg ausgebombt wurde und hat sehr geweint. Es war erst kürzlich der 75. Jahrestag und darum war und ist sein Gefühl an diesem Tag so nah. Darum hat er sich über unser Lachen in seiner Trauer auch geärgert und die Polizei angerufen."

„Ach so, na ja. Sei ihm verziehen. Und jetzt?"

„Jetzt habe ich ihm versprochen, dass ich mich um ihn kümmere!".

Liebevoll streichelt Bill über ihre Haare, ihre Schulter.

„Das bist du, deshalb mag ich dich. Aber nun ist Schluss mit diesen düsteren Gedanken, mein Schatz. Denke an etwas Schönes. Was willst du Ostern machen?"

„Ich möchte, wie wir schon gesagt haben, eine Radtour machen. Ich rufe dann gleich bei Katja an"

„Ja, mach das. Sag Fred einen schönen Gruß!"

Maya holte ihr Handy und setzte sich ins Wohnzimmer auf ihren Lieblingshocker.

Nach kurzer Zeit meldete sich Katja.

„Hallo Katja!"

„Oh, schön. Hallo Maya. Wie geht's dir denn. Ich habe dich schon lange nicht mehr gesprochen und gesehen!"

„Das stimmt Katja. Aber solange ist es nicht her, erst fünf Wochen."

„Echt. Mir scheint es als sei es ewig!", meinte Katja.

„Wollen wir das ändern?"

„Ja, gerne, wie denn?"

„Bill und ich haben vor, Ostern eine Radtour zu machen und wollen euch gerne dabeihaben. Wir könnten Richtung Starnberg radeln, Brotzeit mitnehmen, vielleicht auch Federball spielen und uns einen schönen Tag machen."

„Das ist schön. Ich werde mit Fred sprechen und rufe dich zurück. Wann meinst du denn? Ostersonntag, Ostermontag?"

„Das ist uns egal, wir haben keine Termine!"

„Wir auch nicht! Also, bis bald. Sag Bill einen schönen Gruß."

Kapitel 4

Maya und Helmut

Der nächste Tag begann wieder mit strahlendem Sonnenschein, blauer Himmel, ohne eine einzige Wolke und frei von Spuren der Flugzeuge.

Herrlich! Maya und Bill nahmen wie in letzter Zeit immer, ihr Frühstück auf ihrer Lounge ein. Plauderten unbefangen über Dieses und Jenes. Sparten wie immer, gern Corona aus.

„Was hast du denn heute noch vor?" fragend sah Bill sie an.

„Zuerst möchte ich zu Herrn Reiter, Guten Morgen wünschen und ein wenig quatschen. Vielleich braucht er etwas!", meinte Maya.

„Ja, Mach das. Ich habe eh noch viel zu tun!", mit diesen Worten gab er Maya einen Kuss, streichelte über ihre Wange und ging ins Home Office.

Maya räumte das Frühstücksgeschirr auf ein Tablett und ließ dieses in der Küche stehen und machte sich des Weges zu Herrn Reiter.

Nun hatte sie schon zum dritten Mal geklingelt, nichts rührte sich. Ob sie wohl mal eben kurz nur über den Zaun steigen sollte, um nachzusehen? Sie blickte um sich, ob sie jemand sehen würde. In diesem Moment fuhr ein Pflegedienstauto zu dem Haus und blieb kurz vor dem Eingang stehen.

„Pflegedienst Mayer Marianne", stand in großen Lettern auf dem Auto. Maya trat etwas abseits und beobachtete.

Die etwas ältere Dame ging zum Gartentor und öffnete dieses mit einem leichten Knarzen. Maya trat ein paar Schritte zurück und versteckte sich hinter einem Busch.

Nach einiger Zeit ging sie zur Gartentür und läutete nochmals. Sie hörte eilige Schritte. Die Frau vom Pflegedienst kam zur Gartentür, blieb stehen, schaute sie an:

„Kann ich Ihnen helfen? Wen suchen Sie denn?", fragend sah sie Maya an.

„Ich bin Maya Larcher und möchte gerne Herrn Reiter sprechen!"

Die Dame sah sie sehr verwundert an. „Wer sind Sie denn?"

„Ich bin Frau Larcher, eine Nachbarin und eine Freundin von Herrn Reiter!", antwortete Maya.

„So? -von Ihnen hat Herr Reiter aber nie gesprochen."

„Hat er sicher vergessen zu erwähnen. Ich war erst gestern Nachmittag bei ihm, weil er sehr traurig war!"

„Gestern Nachmittag! Ja, da hat er noch gelebt!"

„Wie????", fragend schaute Maya auf die Pflegerin.

„Er hat heute in der Nacht auf dem Notruf Knopf gedrückt. Als wir gekommen sind, war er schon tot."

„Nein!", erschrocken guckte sie die Frau an: „wie konnte es passieren,? Er war doch nicht krank. Er war nur traurig aus der traumatischen Erinnerung an Würzburg heraus. Er hat es mir erzählt. Ich bin auch aus Würzburg",

Maya sah in das ausdruckslose Gesicht der Pflegerin: „An was ist er denn gestorben?"

„An Corona, sagte der Arzt!"

„Das glaub ich nicht. Davon habe ich nichts gemerkt und er hat über nichts geklagt. Er war bei vollem Bewusstsein, wirkte überhaupt nicht krank. Wo ist er? Ich will ihn sehen."

„Sind Sie verwandt mit ihm?"

„Nein!"

„Sehen Sie, dann darf ich Ihnen auch keine Auskunft geben."

„Sagen Sie mir wenigstens in welchem Krankenhaus er liegt?"

„Nein, auch das nicht. Leider. Keine Auskunft von mir."

Diese Aussage kaum ausgesprochen, drehte sie sich um und kehrte Maya den Rücken zu.

Maya tat ebenfalls dasselbe, entfernte sich und rannte nach Hause. lief die Treppe hinauf, sperrte die Tür auf und brüllte: „Bill, Bill, wo bist du?"

„Hier, was brüllst du so!"

„Komm, komm bitte sofort!"

Sie fing fürchterlich an zu weinen. Eilends kam Bill auf sie zu und nahm sie in die Arme.

„Um Gottes Willen, was ist denn los. Was ist denn passiert?"

Schluchzend sagte sie und wischte sich die Tränen mit dem Handrücken ab: „Der Herr Reiter ist gestorben!"

„Waaas? An was denn?"

„Angeblich an Corona!", meinte sie ruhig.

Sehr nachdenklich warf sie noch ein:

„Bill, ich glaub das nicht. Er war keine Spur kränklich. Er war nur traurig. Er hatte wunderschöne leuchtende Augen."

„Hast du nicht gefragt?"

„Doch, die Pflegerin hat mir aber eine Auskunft versagt, da ich nicht mit ihm verwandt bin. Sie meinte, er hätte den Notruf getätigt als sie kamen, war er schon gestorben."

„Hm, dann werden wir beide wohl demnächst in Quarantäne gehen müssen."

„Aber wieso?"

„Ja, wenn er Corona hatte, dann werden ja alle getestet, die mit ihm in Kontakt waren. Weiß die Pflegerin deinen Namen?"

„Ja, weiß sie. Sie hat sich aber nichts aufgeschrieben."

„Hmmh, dann warten wir einfach ab."

„Ich glaube nicht, dass er Corona infiziert war. Da waren keinerlei Anzeichen sichtbar. Ich muss erfahren, wohin sie ihn gebracht haben."

„Du wirst aber nichts erfahren!"

Maya lehnte sich zurück und wurde sehr nachdenklich.

Bill machte sich in der Küche nützlich. Räumte das Frühstücksgeschirr in die Spülmaschine. Machte zwei Espresso, legte einige Kekse dazu und kam auf Maya zu, die immer noch auf der Couch saß und grübelte.

„Danke, das ist sehr lieb. So einen Espresso kann ich nun dringend brauchen."

Bill setzte sich neben Maya und sie schlürften nachdenklich den Espresso.

„Also, ich habe überlegt. Ich werde den Polizisten ansprechen, der bei uns war und uns mitgeteilt hat, dass wir Ruhestörer sind."

„Das ist eine gute Idee!"

„Weißt du noch wie die heißen und von welchem Revier die waren?", nachdenklich sah Maya Bill an: „haben sie eine Karte hinterlassen?"

Bill dachte nach: „Ich habe nicht darauf geachtet und glaube nein, sonst würde diese irgendwo rumliegen."

„Gut, dann schau ich mal welches Revier für uns zuständig ist."

Mit diesen Worten stand sie auf und ging ins Badezimmer.

****

Nach einiger Zeit kam sie frisch geduscht und salopp gekleidet ins Wohnzimmer.

Bill blickte kurz hoch: „Oh, wie gut du aussiehst. Wen willst du denn betören?

Maya lächelte: „Niemand mein Schatz. Ich gehe zum Polizeirevier in die Altstadt. Dieses Revier ist für uns zuständig."

„Ok, gut. Vergiss den Ausweis nicht!"

„Oh ja, danke. Den hätte ich in der Eile vergessen!"

Maya marschierte die fast menschenleere Straße entlang Richtung Altstadt. In der Hochbrückenstraße angekommen, betrat sie das Revier, läutete an der Glocke, warte einige Zeit, bis sie einen Summer hörte und drückte auf die Tür, die sich etwas schwer öffnete. Auf der linken Seite befand sich der Eingang. Links neben der Tür war ein Schalter. Ein Polizist sah sie fragend an.

Maya stellte sich zum Schalter und fragte: „Ich brauche eine Auskunft. Vorgestern, am 8. April, spät abends, waren zwei Polizisten bei uns. Ich möchte diese beiden Herren sprechen, da ich noch eine zusätzliche Aussage machen möchte. Leider haben die Herren uns keine Karte hinterlassen."

Der Polizist betätigter den Summer und ließ Maya in das Polizeioffice.

Maya kramte nach ihrem Ausweis und legte ihn vor dem Polizisten auf den Tresen. Dieser sah den Ausweis an und fragte: „Wo wohnen sie und wann war das genau?"

Maya antwortete: „wir wohnen in der Pfarrstraße und das war am 08.03. so ca. um 23 Uhr abends. Ihre Kollegen kamen zu uns, da wir zu laut auf unsere Lounge waren und ein Nachbar, Herr Helmut Reiter, hatte sich darüber beschwert"

Der Polizist nahm den Ausweis von Maya und setzte sich an den Computer und nach einiger Zeit meinte er: „Die Kollegen haben erst wieder morgen Abend Dienst. Sie können es mir auch sagen, Möglicherweise kann ich Ihnen auch helfen."

Maya dachte kurz nach. Vom Bauchgefühl her wollte sie das nicht, sie wollte in dieser wichtigen Sache lieber persönlich mit dem, ihr bekannten Polizisten, über Herrn Reiter sprechen. Sie verneinte:

„Das ist sehr lieb von Ihnen. Ich müsste Ihnen dann alles erklären und das würde unnütz Ihre Zeit beanspruchen. Ich komme dann morgen Abend wieder hierher. Wann treten ihre Kollegen denn den Dienst an?"

Der Polizist bewegte sich wieder zum Computer, drückte auf den Tasten rum, guckte eine Weile und kam wieder zurück zu Maya.

„Die Kollegen fangen erst um 21 Uhr mit ihrem Dienst an. Wir machen das nun so. Ich werde eine Notiz schreiben und die Kollegen besuchen Sie in Ihrer Wohnung. Mir ist lieber, Sie spazieren nicht so rum auf der Straße während der Corona Zeit!"

Maya lächelte den Polizisten freundlich an: „Das ist sehr fürsorglich von Ihnen. Vielen Dank."

Sie griff nach ihrem Ausweis, bedankte sich nochmals und, schritt aus dem Gebäude und eilte nach Hause.

Während Maya den Weg nach Hause eingeschlagen hatte, dachte sie nach und kam auf die Idee, dass sie nun auch einen Spaziergang nach Schwabing machen könnte und sich dann an der Münchner Freiheit mit einem Taxi ins Schwabinger Krankenhaus fahren zu lassen um sich zu erkundigen, ob Herr Reiter gestern eingeliefert worden sei. Kaum gedacht änderte sie die Richtung, spazierte durch den Englischen Garten. An der Münchner Freiheit nahm sie, wie geplant, ein Taxi und fuhr zum Kranken-haus,

Sie besprach kurz mit dem Taxifahrer, dass er noch etwas warten solle, sie hätte nur eine Frage und würde sofort zurückkommen. Der Taxifahrer verlangte vorab 20 Euro und würde dann warten. Sie gab ihm den gewünschten Schein und ging ins Krankenaus, blieb vor dem Empfang stehen und wartete bis die sehr beschäftigte Dame Zeit hatte, den Blick zu ihr zu wenden.

„Ich möchte gerne Herrn Helmut Reiter besuchen. Er ist heute in der Nacht eingeliefert worden. Ich bin seine En-kelin!", log Maya die Rezeptionistin an.

Schweigsam blickte sie Maya an und warf den Blick auf ihren PC. Nach einiger Zeit sagte sie zu ihr: „Tut mir leid, aber ein Herr Reiter Helmut ist nicht bei uns eingeliefert worden."

„Sind Sie sicher?", fragend sah Maya sie an.

„Natürlich!"

„Angeblich ist mein Großvater plötzlich an Corona er-krankt. Er wohnt im Lehel. In welches Krankenhaus kann er sonst noch gebracht worden sein!"

„Das kann ich Ihnen nicht beantworten. Das kommt auf den Notarzt an, der ihn Zuhause abgeholt hat. Der bringt die Patienten, wenn kein besonderer Wunsch angegeben worden ist, in das nächstliegende Krankenhaus. In Ihrem Fall könnte es auch -Rechts der Isar- sein!"

„Danke sehr, sehr freundlich. Darf ich noch fragen, wie viel Corona Erkrankte zurzeit bei Ihnen betreut werden?"

„Nein, das kann ich Ihnen leider nicht mitteilen. Ich bin nur für den Empfang zuständig. Da müssten Sie schon die Krankenhaus Leitung beanspruchen. Viele sind es auf alle Fälle nicht."

„Nochmals herzlichen Dank."

Maya spazierte aus dem Krankenhaus und bestieg das Taxi.

„Fahren Sie mich bitte nun ins Krankenhaus Rechts der Isar."

„Gerne!", meinte der Taxifahrer.

Dort angekommen war dasselbe Procedere: Maya gab dem Taxifahrer nochmals 20 Euro und er wartete auf sie.

Wiederum am Empfang angekommen, fragte Maya die Dame am Empfang, ob sie Herrn Reiter Helmut besuchen kann. Auch sie warf einen Blick auf den Computer und verneinte. Maya bedankte sich.

Am Taxi angekommen sagte Maya; „Und nun fahren Sie mich nach Hause, in die Pfarrstraße im Lehel!" Sie war sehr froh, als sie daheim angekommen war und eilte in die Wohnung, um Bill die Neuigkeiten mitzuteilen.

Bill war erstaunt, als Maya aufgelöst und spät nach Hause kam.

„Was war denn los? War schon in Sorge!"

„Alles gut!" In kurzen Worten erzählte Maya ihrem Freund was sich zugetragen hatte.

„Na gut!", antwortete Bill: „dann warten wir mal ab, was sich morgen Abend mit den Polizisten bereden lässt. Sonst können wir momentan, was Herrn Reiter betrifft, nichts unternehmen.

Er wandte sein Gesicht wieder seinem PC zu.

„Hast du Neuigkeiten in deinen Recherchen?", fragte Maya.

„Ich recherchiere grad über Naturkatastrophen."

„Das interessiert mich aber auch sehr!"

„Ich sag dir, wenn ich durch bin mit der Recherche!"

„Oh, ja. Danke. Ich geh mal ins Wohnzimmer und recherchiere auch. Bis dann, Schatz."

****

Maya fing interessehalber an, zu erfahren wie viele Krankenhäuser es in München gibt. Es ist nicht allzu leicht, da es sehr viele Private Kliniken gibt. Als Resümee kann sie ungefähr feststellen, dass es ca. 52 Krankenhäuser und Kliniken gibt in etwa 11.000 Betten. In Bayern insgesamt ca. 400 Krankenhäuser mit ca. 73.000 Betten.

Also, wäre doch genug, um die Notfälle zu versorgen! **Nun suchte sie nach den Todesfällen durch Corona.**

Das Ergebnis:

Corona Todesfälle 2	250	München
	2.501	Bayern
	8.611	Deutschland
	400.135	weltweit

Im Vergleich:

Russische Grippe 1890/90	1 Mio.	weltweit
Beulen Pest 1894-1912	12 Mio.	weltweit
Spanische Grippe 1918-20	27-50 Mio.	weltweit
Asiat-Grippe 1957-58	1-2 Mio.	weltweit
Hongkong Grippe 1968	1 Mio.	weltweit
Aids seit 1980	36 Mio.	weltweit
Covid -19 2020	395.030	weltweit

Influenza:

Grippewelle 2017/18	25.100 Tote in	Deutschland
Grippewelle 2018/19	1.674 Tote in	Deutschland
Grippewelle 2019/20	61 Tote in	Deutschland

Mit Stand 23.März2020 werden 110.000 durch Influenza Verstorbene weltweit gemeldet, allerdings bei 13.500 Covid19-Todesopfern.

Maya kam bei dieser Statistik etwas ins Grübeln. Bei der Grippewelle 2017/18 waren mehr Todesfälle zu bedauern als nun bei Corona verzeichnet?

Sie dachte für sich selbst. -Diese Epidemien und Pandemien gab es immer schon und nun seit der ständig rasant zunehmenden Anzahl der Menschen, die diese Erde bevölkern, werden auch die Zeitabstände kürzer-!

Vielleicht ist das auch eine natürliche Auslese der Natur. Wer weiß. Die Natur kann es nicht erlauben, dass es immer mehr Menschen gibt auf dieser Welt, die immer älter werden.

Was würde denn sein, wenn alle Menschen über Hundert und mehr Jahre alt werden und sich ständig vermehren, nach dem Motto

- Liebet und vermehret Euch -

Wie viel Menschen lebten damals auf der Erde als angeblich Gott diesen Spruch brachte, oder gar

-Es wird so viel Menschen geben auf der Erde wie es Sandkörner gibt-

Sie lehnte sich zurück.

Maya persönlich erkannte nur, dass es zum jetzigen Stand ihrer Recherche nach ihrem, sicherlich nicht voll involviertem Wissen, noch keinen Grund gab, die Wirtschaft derartig abzuwürgen, ohne vorerst andere Methoden zu versuchen?

Kapitel 5

Recherche Bill – Ende März/Anfang April

Bill hatte sich die Naturkatastrophen zum Thema gemacht. Er war überzeugt, dass das ein sehr spannendes Thema wird und die Gegenüberstellung sicherlich die Tötungszahlen der Menschheit, dem des Corona Virus gegenüber, wesentlich übersteigen wird.

Zuerst interessierte es ihn, welche Erdbeben es auf dieser Welt gegeben hat. Die Folge mancher Erdbeben sind diese furchtbaren Tsunamis. Im Vergleich zu den Pandemien oder Epidemien sind die Todesfälle zwar geringer. Es besteht eine große Gefahr, dass irgendwann Entsetzliches passieren kann, durch die Verschiebung der Erdplatten.

Als Zweites könnte es durch den Klimawandel menschenverschlingende Katastrophen geben. Nur die schlimmsten festhaltend;

			Tote
1816	*Jahr ohne Sommer*	*ww*	*90.000*
1876-79	*Dürre/Kälteanomalie*	*China/Indien*	*14.5 Mio.*
1930-37	*Dürre/Südstaaten*	*Bangladesch*	*300.000*
3.9.2.72	*Schneesturm*	*Iran*	*4.000*
8/75	*Taifun Nina*	*China*	*100.000*
8/05	*Hurrikan/Golfküste*	*USA*	*1.836*
11/13	*Taifun/Hayan*	*Philippinen*	*6.340*
9/17	*Hurrikan*	*Karibik*	*3.000*

Die Katastrophen erscheinen in immer kürzeren Abständen.

Dann gibt es auch laufend, nicht unbedenkliche Hochwasser Katastrophen, wie

16/1/1219	Sturmfluten Nordküste	36000-50000 Tote
07/1342	Magdalenen Hochwasser	ca 6.000 Tote
1887	Flutkatastrophe Gelber Fluss bis	2.Mio Tote
1931	Flutkatastrophe China	bis 4.Mio Tote
1955	Überschwemmung Indien	45 Mio. obdachlos
0kt/17	Hochwasser Niger	100.000 Flüchtlinge
März/19	Hochwasser Prov. Iran	2.Mio Bedürftige
4/5/2020	Überschwemmung Kenia	100.000 Flüchtlinge

(*Quelle Wikipedia*)

Bill holte sich etwas zu trinken und war stark betroffen. Wenn man diese Daten liest, ahnt man, wie gefährlich und vage das Leben von uns Menschen auf diesem Planeten ist!

Die von Menschen verursachten Katastrophen;

Plötzliche und starke Beeinträchtigung der Umwelt, die Krankheit oder Tod von Lebewesen zur Folge hat. Dies macht den deutlichen Unterschied zur Naturkatastrophe aus, die ihre Ursache in rein natürlichen, nicht von Menschen beeinflussten Vorgängen hat.

Langfristige Ereignisse aus Vergiftungen des Abwassers

Gefahrengutlieferungen, Gasexplosion, Havarien von Öltanks verursacht ökologische Schäden. Nicht zu vergessen; Schäden von kerntechnischen Anlagen;

26.04.86	*Nuklearkatastrophe*	*Tschernobyl*
11.03.11	*,,*	*Fukushima*

Es gibt jedoch noch weitere Unglücke. Durch die Kontamination kam es zu Umwelt- und Gesundheitsschäden, z B.,

1949 Hanford Site Washington, mehrere mittlere und langlebigste Nuklide in den Columbia River entlassen.

1952 Chal River Kanada 4Mio Liter mit langlebigen radioaktiven Spaltprodukten wurden in eine sandige Sickergrube gepumpt und der Reaktor begraben uvm. Nachzulesen (Wikipedia).

Bill machte eine kleine Pause. Es war sehr anstrengend und es gäbe noch viel mehr zu schreiben, unendlich viel. Wahrscheinlich ist dies alles in Vergessenheit geraten, zum Schaden der Natur und der ganzen Menschheit.

Wo sind die Verantwortlichen!!!

Z.Z gibt es auf 5 von 7 Kontinenten (ohne Australien, Antarktis) bewaffnete Konflikte.

Atombombenabwürfe Hiroshima und Nagasaki

Am 6. Und 9. August 1945 wurden durch die USArmee in Japan in Hiroshima und Nagasaki Atombomben mit unsagbaren Folgen. Es waren bislang die einzigen Einsätze dieser Art. Man könnte diese grausame Tat als Versuch betiteln.

Die Atombomben töteten insgesamt 100.000 sofort - fast ausschließlich Zivilisten-. An Folgeschäden starben bis Ende 1945 weitere 130.000 Menschen, in den nächsten Jahren noch etliche dazu. (*Quelle Wikipedia*)

Im 20 Jahrhundert starben ca. 100-185 Millionen Menschen durch Kriege

(*Näheres Wikipedia*)

Bill musste anhalten und lange durchatmen. Das hätte er sich nie gedacht, dass so viele Menschen ermordet und vergessen werden.

Bisher gibt es 392.000 Corona Todesfälle weltweit, obwohl ja noch nicht wirklich nachvollzogen wurde, ob diese Menschen mit oder wegen Corona verstorben sind. Auch wissen wir nicht, wie lange dieses Virus tätig ist. Wobei man bei den Kriegen sicher weiß, dass die Menschen durch Kriege aus Macht/Hass/Religion usw. sterben mussten.

Aber nun möchte er nochmal nachvollziehen, wie es bei den Völkermorden aussieht. Hier sterben Menschen an brutaler Grausamkeit der Menschen. Das nicht nur vor langer Zeit, nein, - jetzt– kürzlich– direkt- vor unserer Nase. Und niemand hat sich darum gekümmert. Zumindest war es nicht in Erinnerung von Bill.

****

Das Grausamste ist wohl:

Menschenmord durch Genozid

		Opfer
1939 - 1945	Holocaust	5.6 - 6.3 Mio.
1915 - 1916	Armenier v. Osmane	1.5 Mio.
bis 1979	Rotes Khymer Regime	2.0 Mio.
April -Juli 1994	Tutsis in 100 Tagen	1.0 Mio.

Juni/Juli   1995 – Massenmord ethischer Säuberung/ehem. Jugoslawien – Opfer unbekannt

Bill wurde schlecht. Das ist ein Wahnsinn. Vor unseren Augen. Er hatte nie großartig etwas in den Medien gehört, auf alle Fälle nicht in dem Ausmaß wie nun bei dem Corona Virus. Oder hatte er es überhört oder vergessen?

Ungefähr 11 Mio. Menschen sind vor unseren Augen niedergemetzelt worden. Ich verliere den Glauben an den Menschen, an die Männerwelt.

Ungestraft mordeten Männer auf brutalste Art und Weise Menschen und die ganze Welt sah zu und der Papst betete.

Er musste erstmals verkraften, dass innerhalb von 80 Jahren in unserer lebenden Generation an die ca. 200 Millionen Menschen niedergemetzelt wurden. 68,5 Mio. Flüchtlinge stehen vor geschlossenen Türen und darben, 24.000 Menschen verhungern **täglich**!

Und hier in Europa wird verhandelt wie viel Billionen Geld man drucken soll, damit die Wirtschaft wieder floriert, während 1000de hungernde Flüchtlinge engzusammengepfercht in Sichtweite von Europa darben.

Ich schäme mich ein Mensch zu sein.

****

Zurück zu Maya und Helmut

Maya und Bill waren dabei, sich in aller Ruhe mit den neuen Recherchen auseinander zu setzen.

Da sie ahnten, dass es Hammer wird, wenn sie diese sich gegenseitig vorlesen. hat Maya etwas Leckeres gekocht, weil sie meinte, dass möglicherweise nach den neuen Erkenntnissen, ihnen der Hunger vergangen sein kann.

Sie deckte gerade den Tisch im Esszimmer als es an der Tür läutete.

Maya betätigte den Türöffner und da standen die beiden Polizisten vor der Tür. Dieses Mal freute sich Maya sehr und bat sehr freundlich die beiden Männer herein.

„Das freut mich aber sehr, dass Sie sich die Mühe machen und zu uns kommen. Bitte treten Sie ein!", sie ging ein paar Schritte voraus und begleitete die beiden Polizisten zum Wohnzimmer und bat sie, Platz zu nehmen.

„Bill, kommst!" sie öffnete bei diesen Worten die Tür vom Home Office und setzte sich dann zu den Polizisten. Nach kurzer Zeit kam Bill dazu. Bevor er sich setzte, fragte er:

„Möchten Sie etwas trinken, Kaffees Tee, Saft, Wasser?"

Die Polizisten verneinten und somit setzte Bill sich.

Maya fing an zu sprechen.

„Als Sie vorgestern bei uns waren und uns ermahnten nicht so laut zu sein, war mir am nächsten Tag danach, zu meinem Nachbarn zu gehen und mich zu entschuldigen. Als ich ankam, öffnete mir ein älterer Herr, später erfuhr ich, dass er 90 Jahre alt ist. Ich wollte mich entschuldigen und er hat mich gebeten einzutreten, Was ich auch tat."

Maya machte eine kleine Pause, als sie sah, wie der eine Polizist die Stirn runzelte und sprach dann weiter:

„Selbstverständlich haben wir den Sicherheitsabstand gewahrt, wie es empfohlen ist."

Zufrieden nickte der Polizist. Maya fing an weiter zu erzählen:

„Wir kamen schnell ins Gespräch, da Herr Reiter aus Würzburg kommt und ich auch. Er war sehr traurig und hat mehrfach geschluchzt und geweint, als er mir erzählte, dass am 14. März vor 75 Jahren ganz Würzburg zerbombt wurde. Er sei damals 15 Jahre alt gewesen und ist immer noch traumatisiert und sehr traurig. Ich habe ihm versprochen, dass ich öfter nachschauen werde und habe ihm meine Telefonnummer gegeben, damit er uns anrufen kann, falls er etwas braucht. Heute war ich da und habe geläutet und niemand öffnete. Ein Pflegedienstauto fuhr vor, ich versteckte mich, später läutete ich noch mal und die Dame vom Pflegedienst öffnete. Ich fragte nach Herrn Reiter und sie meinte, -er habe letzte Nacht den Notdienst angerufen, diese haben den Pflegedienst benachrichtigt und ihn ins Krankenhaus gebracht-. Kurz darauf sei er gestorben an Corona. Er hatte aber für mich keinerlei

Anzeichen einer Krankheit, er war nur sehr traurig. Ich kann mir nicht vorstellen, dass man so schnell sterben kann und da ich es nicht glaube, wollte ich mit Ihnen sprechen. Die Dame vom Pflegedienst hat mir keine Auskunft gegeben. Ich bin dann ins Schwabinger Krankenhaus und ins <Rechts der Isar gefahren>. Aber leider ist er auch dort nicht eingeliefert worden. Ich habe ein seltsames Gefühl."

Alle schauten Maya betroffen an, sogar Bill. Einige Minuten war Schweigen.

Auf einmal sagte der eine Polizist:

„Haben Sie die Adresse von dem Pflegedienst. Mir persönlich kommt das auch sehr eigentümlich vor. Wir werden uns darum kümmern und versuchen, ihn zu finden. Darf ich Ihnen noch sagen, dass ich es sehr toll von Ihnen finde, dass Sie sich bei Herrn Reiter gemeldet haben und sich um ihn kümmern wollten."

Maya gab ihm die Anschrift von dem Pflegedienst und eine Visitenkarte von ihr und verabschiedete sich von den beiden Herren und begleitete beide zur Wohnungstür.

Sie hatte nun Hunger und fing an den Tisch zu decken, holte Getränke und rief nach Bill.

Als sie gemütlich am Esstisch saßen und ihr Abendbrot genossen, meinte Bill: „da bin ich aber nun auch gespannt, wo dieser Herr Reiter geblieben ist. Sehr komisch." Er nahm einen Schluck Bier und aß weiter.

„Ich versteh das alles nicht. Das die Dame vom Pflegedienst so patzig zu mir war, ist schon etwas komisch. Ich habe ein eigenartiges Bauchgefühl. Mir ist als rufe Herr Reiter ständig nach mir!"

„Jetzt warte mal ab, was die Polizisten rausfinden können und schalte ab."

Sie aßen schweigend weiter. Als sie fertig waren, räumten sie gemeinsam die Küche auf und setzten sich auf die Lounge mit einem Glas Weißwein.

„Ich mag heute nichts mehr Schwieriges besprechen!", meinte Maya.

„Das kann ich verstehen. Machen wir das morgen früh. Da sind wir dann frisch und munter."

„Da bin ich voll einverstanden."

„Ich hätte Lust auf Fernseher schauen."

„Ich auch, aber bloß nichts über Corona!"

„Ganz meiner Meinung!"

Maya nahm ihr Glas und legte sich zu Bill auf die Couch, nahm die leichte Decke und kuschelte sich an Bill, der derweil einen Film aussuchte.

„Ich brauch ja nicht zu fragen, welchen Film du ansehen willst?"

Er suchte einen Liebesfilm aus und wartete bis Maya eingeschlafen war. Dann konnte er Sport anschauen. So war es dann auch, nach 10 Minuten hörte er ein tiefes Atmen. Maya war eingeschlafen und er konnte mit Ruhe seinen Sportkanal einschalten.

Der nächste Tag war Ostersonntag. Maya wählte am Handy Katjas Nummer.

„Hallo Katja, schönen Ostersonntag. Na, wie ist es mit eurer Zeit? Wollen wir heute oder morgen, oder beide Tage eine Tour machen?"

„Jetzt bringst du mich in Verlegenheit, Maya. Ich habe noch nicht mit Fred gesprochen wegen unserem Törn. Fred ist so schlecht drauf. Er ist ständig schlecht gelaunt. Er verträgt die Situation nicht und nervt ohne Ende. Ich will euch das nicht antun. Macht es lieber allein, da habt ihr sicher mehr Spaß!"

„Oh, je. Das tut mir leid für dich. Dann wünsche ich dir trotzdem schöne Ostern. Ich melde mich wieder."

„Ja, mach das!" Die Verbindung wurde abrupt getrennt.

Maya guckte verdutzt auf das Handy.

„Bill!!!"

„Ja, was ist denn. Warum schreist du schon wieder?"

Maya ging zu Bill ins Office. „Ich habe mit Katja gesprochen. Die fahren nicht mit, da Fred angeblich sehr schlecht gelaunt ist, diese Corona Zeit nicht ertragen kann und stets grantig ist. "

„Echt, der ist doch sonst nicht so schlecht drauf. Ich habe mich so gefreut auf ihn. Soll ich ihn besser nochmal anrufen."

„Ich glaube, besser nicht. Lass ihm lieber seine Ruhe. Wir verderben uns dann vielleicht nur das Osterfest."

„Und was machen wir jetzt?", fragte Bill.

„Jetzt gibt es ein Osterfrühstück für uns zwei. Ich fange an und du suchst die Eier, die ich versteckt habe und dein Osternest. Es sind 20 Eier, rot!"

Bill holte aus der Küche seinen Osterkorb, nahm Maya in die Arme:

„Du bist die allerbeste Frau!"

Maya lächelte; „Nun mach schon, du Lieber."

Bill drehte sich jubelnd um und raste ins Wohnzimmer: „Osterhase, ich komme!"

Mittlerweile hatte Maya den Tisch gedeckt, das Wetter ist herrlich. Bill kam mit seinen roten Ostereiern.

„Ich habe alle gefunden.", er strahlte über das ganze Gesicht, stellte die Eier auf den Tisch und die ganzen Schokohasen und Eier dazu. Nun begann das Osterritual. Die Eier wurden in der Mitte durchgeschnitten, mit Mayonnaise bestrichen, roter Pfeffer, Meersalz und etwas Kernöl darauf und ab in den Mund.

„Das schmeckt immer so herrlich. Schon deshalb liebe ich Ostern."

Nach dem deftigen Frühstück ist ein Spaziergang durch den Hofgarten notwendig geworden. Langsam trödeln sie durch die Stadt bis zum Stachus, wie immer sehr ruhig, zu ruhig.

„Schon ein eigenartiges Gefühl, Ostersonntag in absoluter Stille. Keine Dekoration in den Schaufenstern. Keine Osterangebote, direkt langweilig, findest du nicht auch?"

„Wenn wir zurück sind, dann besprechen wir unsere Recherchen!", meinte Bill.

„Nein, mein Schatz. Es ist Ostern. Wir werden Radfahren. Am Montag soll das Wetter schlecht werden. Dann können wir das gerne machen."

„Du hast wie immer Recht, mein Wunderweib!"

Sie zogen die Sportklamotten an. Maya packt etwas zum Essen und zum Trinken ein, Kaffee und Krapfen. Auch die Federballschläger vergaß sie nicht. Nun noch den Fahrradhelm, die Fahrradhandschuhe und fertig.

„Bill!"

Er kam aus dem Keller, trat durch die Wohnungstür, den Griff noch in der Hand:

„Ich habe schon alles fertig gemacht. Die Räder stehen unten, alles kontrolliert und geregelt und ich nehme an, du hast uns was Tolles zum Essen und zum Trinken eingepackt?"

„Ja, natürlich!"

Er nahm seinen Rucksack und seinen Helm und auf geht's

Sie fuhren über die Ludwigsbrücke zum Isarradweg. Es war herrlich und fast waren sie allein. Es war aber auch noch arg früh. Sie waren so eine Stunde unterwegs durch eine ländliche Gegend und schattigen Waldstücken.

„Wo fahren wir denn hin?", fragte Maya ziemlich laut.

Bill machte kurz halt und Maya ebenso.

„Ich habe mir gedacht, dass wir den Panoramaweg nach Wasserburg fahren. Wenn wir nicht mehr mögen, machen wir irgendwo halt für eine Brotzeit und kehren wieder um, wie wir wollen, bist du einverstanden?"

Er reichte ihr die Wasserflache, Maya trank zügig, wischte sich den Mund ab und gab ihm die Flasche zurück.

„Ja, das machen wir. Ich habe große Lust dazu. Auf geht's!"

Sie setzten sich wieder auf das Rad und fuhren weiter auf diesem fantastisch ausgebauten Radweg, über Ostbahnhof, Trudering. Von dort ab war der Weg lückenlos beschildert. Solalinden, Keferloh, Grasbrunn, Taglaching, Grafing, Steinhöring. In Tulling machten sie wieder halt.

„So, jetzt sind wir zwei Stunden unterwegs. Kannst du noch weiter?"

„Ja freilich!".

„Wir machen nun erstmals Pause, trinken Kaffee und dann überlegen wir!"

Am Waldrand fanden sie ein ruhiges Plätzchen.

„Hier ist es schön!", meinte Maya und breitete die Decke auf den Boden aus. Zwei kleine Kissen legte sie darauf. Bill setzte sich und machte sich über die kleinen leckeren Brötchen und den Ostereiern her. Maya schenkte Kaffee ein, holte das Handy und den JBL und machte schöne Musik.

Es war herrlich. Die Vögel zwitschern, der Bach rauscht.

„Ich fühle mich so zufrieden, dass wir diese Tour machen. Vielleicht wären wir sonst wieder irgendwo hingefahren, Gardasee, oder schnell nach Portugal, weil es ja so billig war. Wie blöd. Wo es doch bei uns so schön ist. Eigentlich bin ich sehr froh über die Pandemie."

„Ja, noch! Man kann jetzt herrlich vergessen, welche Hektik es sonst auf der Welt gibt!", meinte Bill. Nahm das Kissen unter den Kopf, legte sich darauf, mit geschlossenen Augen lauschte er die Klänge der Musik.

Maya packte das Essen zurück in den Rucksack, legte sich in den Arm von Bill und genoss ebenfalls die weiche und klangvolle Musik.

Beide schliefen nach kurzer Zeit ein. Plötzlich leckte etwas über Mayas Gesicht. Sie schreckte auf:

„Bill?", sie wischte sich die Backe ab, Bill schlief noch. Sie schaute um sich und sah einen Hund von dannen sausen. Sie musste herzhaft lachen, sodass Bill wach wurde.

„Was hast du? Warum lachst du?"

„Ich bin so erschrocken. Auf einmal leckte mich etwas mit einer dicken Zunge über die Backe. Erst dachte ich, das bist du. Ich erschrak, wurde munter und guckte zu dir. Du hast geschlafen. Es war der Hund dort, mit seiner dicken Zunge!"

Sie zeigte mit dem Finger in die Richtung, in der sich der Hund nun zu seinem Herrchen gesellt hatte und hielt sich die Wange.

Bill holte sein Taschentuch aus der Hosentasche, schüttete Wasser darauf und wischte liebevoll ihre Wange sauber und gab ihr einen Kuss. Beide tranken nochmal aus der Flasche.

Bill nahm seine Rad Karte und vertiefte sich: „Komm her Maya!", er streckte die Hand nach Maya aus und zog sie neben sich auf die Decke: „Ich muss dich was fragen wegen unserem Heimweg. Wenn wir nun nach Wasserburg fahren, brauchen wir noch eine Stunde. Von dort können wir dann mit dem Zug nach München Ostbahnhof und von dort mit der U-Bahn nach Hause.

Zweite Möglichkeit; wir fahren nach Poing, dauert auch eine Stunde ca., machen dort Pause und fahren dann mit der S-Bahn und sind in ungefähr einer halben Stunde in München. Was findest du besser?"

„Ich nehme Wasserburg! Dann können wir hier noch etwas bleiben und Federball spielen, etwas essen und eine Stunde dann zum Bahnhof radeln!"

„Gut, dann schau ich mal, wann ein Zug nach München fährt!"

Maya packte den Federballschläger aus und wartete.

„Also, jetzt haben wir 14 Uhr, wir können noch eine Stunde bleiben und dann fahren wir nach Wasserburg und um 16.20 geht der Zug nach München.

Wir können auch nach Grafing radeln, da sind wir in einer halben Stunde, fahren dann mit dem Zug und wären in einer halben Stunde am Ostbahnhof."

„Das nehme ich!"

„Gut, da brauchen wir nicht auf die Zeit achten, da alle 20 Minuten ein Zug von Grafing nach München fährt."

„Wundervoll. Komm, wir spielen!"

Bill stand auf und sie spielten und lachten eine halbe Stunde, bis sie sich ausgepowert hatten und sich kurz, auf der Decke liegend, ausruhten.

So gegen 17 Uhr waren sie glücklich und zufrieden wieder zuhause.

Mit einem kleinen Drink ließen sie diesen schönen Ostersonntag ausklingen.

„Mir hat das heute so gefallen und sehr Spaß gemacht. Das machen wir wieder. Mit oder ohne Corona!", lachte Maya.

Ostermontag und schlechtes Wetter! Beim Frühstück meinte Bill: „Gott sei Dank, dass wir den gestrigen Tag so genutzt haben. Es ist schlechtes Wetter, nach so langer Sonnenzeit. Das passt gut. Dann können wir uns mit unserer Recherche beschäftigen."

„Ja, das machen wir Bill. Ich habe auch Lust dazu. Ich mache schnell alles sauber. Sag, wo wollen wir uns hinsetzen?"

„Mir wäre es am liebsten auf der Lounge!", meinte Bill.

„Mir ist da zu kalt. Lass uns ins Office!"

„Ok!", sagte Bill, stand auf und ging ins Büro, öffnet sein Laptop und rief die Seite seiner Ergebnisse auf. Maya folgte ihm und öffnete ebenfalls ihr Laptop.

„Wer fängt an?", fragt Bill.

„Ach lass mich, ich glaube meine Erkenntnisse sind eher langweilig!"

„Das glaube ich nicht, dass es langweilig ist. Bei meiner Recherche fand ich sehr dramatisch Ereignisse. Ich war tief aufgewühlt und bin gespannt, wie du es empfindest. Gut fang du an!"

Maya begann zu reden an: „Ich habe zuerst mal recherchiert wie viele Krankenhäuser es in München gibt. Es sind ca. 52 und zusätzlich viele Privatkliniken - insgesamt jedoch so an die 10 000 Betten, in ganz Bayern sind es 400 Krankenhäuser mit so ca. insgesamt 73.000 Betten. Ich dachte mir, das sind doch genug. um gegen den Andrang der Corona Erkrankten gefeit zu sein. Zusätzlich die hervorragende ärztliche Versorgung,

Es ist nur nirgends zu lesen, welche und wie viele davon bisher genutzt worden sind."

„Und weiter?", fragt Bill.

„Ich habe dann geschaut, wie viel Corona Todesfälle es gab. Es hielt sich in Grenzen. Auf alle Fälle sind sehr viele Krankenbetten nicht genutzt worden.

Ich habe dann beobachtet, dass es in der Vergangenheit viele Pandemien mit gewaltigen Todesopfern, immer im Mio. Bereich, gegeben hatte. Am schlimmsten war die Spanische Grippe aber noch mehr Todesopfer forderte bisher Aids, weltweit.

Den Corona Virus einzuordnen ist, wegen des Zeitfensters, allerdings mit seinen ca. 400.000 Todesopfern weltweit bisher schon bedenklich.

Interessant war auch noch, dass die Grippewelle weltweit jährlich ca. 300 bis 500.000 Menschen tötet. In Deutschland waren 2017/2018, 25.000 Todesfälle. 2018/19 war es schon weniger und 2019/2020 ganz wenig. Ich dachte mir dass es schon eigenartig ist, es gibt weniger Influenza Todesfälle auf einmal, dafür mehr durch Corona verstorbene Menschen. Jedoch meist ältere Menschen mit Vorerkrankungen. Das war es bei mir. Und bei dir?"

„Bei mir war es härter. Mich hat interessiert, wie viel Menschen in unserer Generation, seit 80 Jahren, ein überschaubarer Zeitraum, und ich bin so erschrocken, als ich feststellen musste, dass in dieser Zeit ca. 200 Mio. Menschen ermordet wurden, durch Krieg, Völkermord udgl.. Außerdem gab es viele Schäden, die an die Umwelt verbrochen wurden durch Chemie und Nuklearunfällen. Zusätzlich zu den wirtschaftlichen Schäden, durch Produktion, Luftfahrt, Autos, Produktionsstätte,

Ich dachte immer an den Maya – Kalender und war durch meine Recherche überzeugt, wenn wir ignorant so weiter leben wie bisher, sind wir auf den besten Weg unsere Welt zu zerstören und hinterlassen unseren Nachfahren wirklich eine demolierte Welt. Wie es ähnlich bei den Mayas und vielen anderen Dynastien aus der Vergangenheit geschah. Es hat mich sehr, sehr aufgewühlt!"

„Das wundert mich, dass du dich dadurch so belastet fühlst. Du tust doch immer so cool!"

„Das meinte ich auch. Nur, wenn ich das so gelesen habe, wurde mir auch Angst, weil ich nicht verstehen kann das Menschen so grausam sein können. Diese Macht, dieser Hass! Wie ist das entstanden? Das ist nicht menschlich, was da geschah und immer noch geschieht!"

Maya nahm Bill in den Arm: „Das hätte ich nicht geahnt, dass dich das so aufwühlt. Du bist zum Glück ein empfindsamer Mensch. Lass mich deine Recherche lesen!"

Bill reichte ihr sein Laptop und Maya las. Die Tränen rannen über ihre Wangen.

„Oh mein Gott. Das ist alles erst kürzlich passiert! Und sind es wirklich 25.000 Menschen die täglich an Hungersnot sterben. Was ist denn da diese lumpige Anzahl, der durch Corona verstorbenen Menschenleben. Die Natur ist vergleichbar mit der Todesforderung sanfter und in wesentlich geringerer Anzahl vertreten, in Zweijahrhunderten mit nur 100 Mio.! Der Mensch nahm, sich heraus, in wenigen Jahrzehnten 200 Mio. Menschen zu ermorden, täglich 25.000 Menschen verhungern zu lassen und die Umwelt mit aller Gewalt zu zerstören. Der Maya Kalender hat recht. die Menschen scheinen nicht mehr in der Lage zu sein, sich zu ändern und zu bessern. Ist Corona die Hilfe, die uns anders denken lässt?", sie weinte vor sich hin: „Ich habe Angst und hoffe es so sehr!" Maya stand auf und legte sich ins Bett und weinte sich in den Schlaf.

Bill deckte Maya fürsorglich mit einer Decke zu und wollte nochmal recherchieren, wie es neben den Hinweisen über den Corona Virus, auf sämtlichen Kanälen und Radiosendern, vielleicht auch etwas, über die anscheinend nun unwichtig gewordene Umwelt zu berichten, gibt.

Die Buschbrände in Australien, die nun schon seit Juni 2019 zugange sind, konnten immer noch nicht gelöscht werden und haben bisher ca. 126.000 km² zerstört. Wissenschaftler weltweit, sehen einen Zusammenhang zwischen dem Ausmaß der Feuerkatastrophe und der gegenwärtig globalen Erderwärmung (*Genaueres nachzulesen auf Wikipedia*).

Seit Anfang April herrscht ein großer Feuerbrand in Tschernobyl. Die Löscharbeiten sind voll im Gange.

Tornado in Mississippi, Wirbelsturm Tennessee, australisches Buschfeuer, Heuschreckenplage n Ostafrika, Monsunregen in Indonesien; - sicher folgen dieses Jahr noch einige Katastrophen.

Bill machte kurze Pause und dachte drüber nach, wie sich nun die Lage des CO2 Ausstoßes 2019 und 2020 durch Corona verändert hat.

Am 4. Dezember 2019 wurde in Madrid bei der Weltklimakonferenz darum gerungen, wie die globalen Treibhausgas-Emissionen möglichst bald – schnellstens – gesenkt werden könnte. Klimaforscher warnen eindringlich, dass es eine Trendwende geben MUSS, wenn die Erderwärmung noch einigermaßen kontrollierbar bleiben soll. Denn die Entwicklung verläuft völlig gegenteilig: Auch 2019 ist der weltweite CO2 Ausstoß weiter angestiegen, zeigt ein aktueller Bericht – zwar viel langsamer, dafür aber auf Rekordhoch wie ein außer Kontrolle geratener Zug erreicht der Klimawandel einen erneuten Höhepunkt, heißt es in der Mitteilung der US Eliteuniversität Stanford. Denn der weltweite Kohlendioxidausstoß durch fossile Brennstoffe, wird ein weiteres Rekordhoch erreichen: fast 37 Gigatonnen.

Die bisherigen Bemühungen um den Klimaschutz sind längst nicht ausreichend.

Auf alle Fälle ist der CO2 Ausstoß weltweit um einiges gesunken, bisher. Ohne Corona Pandemie wäre sicherlich keine Veränderung eingetroffen, eher wäre ein weiteres Rekordhoch zu verzeichnen gewesen.

Man kann sich nur wünschen, bezüglich des Klimawandels, dass die Pandemie noch länger anhalten sollte.

Jedoch ist eher damit zu rechnen, dass das kurzfristige Einmalabsinken der Emission am Ende für das Klima auch ein Pyrrhussieg sein kann.

(*MDR-Wissen*)

Ganz verschlafen und wieder beruhigt, kam Maya aus dem Schlafzimmer, setzte sich neben Bill, streichelte seine Haare und sagte:

„Ich habe wieder von den Mayas geträumt!"

…und!"

„Die besagen doch: Seit dem neuen Zyklus, der am 21. Dezember 2012 begann, steuert die Erdachse direkt auf das Galaxie-Zentrum zu, statt sich wegzubewegen wie in den 12.920 Jahren zuvor. Dieser Prozess wird bei den Mayas als göttlicher Atem bezeichnet! Ich habe neulich im Radio gehört oder im TV gesehen, dass sich das Magnetfeld der Erde verändert oder sogar sich in einer Teilung befindet!"

„Echt, das klingt ja interessant!"

„Ja, suche bitte: Anomalie der Südstaaten!"

Bill fand auch einen Artikel und las diesen laut vor:

„Im Abstand von 250 000 Jahren kehrt das Magnetfeld der Erde seine Pole um. Die letzte Polumkehrung fand vor 780 000 Jahren statt. Nun haben die Forscher eine Anomalie über dem Südatlantik aufgezeichnet, die ihnen Sorge bereitet. Einige sahen die Schwächezone im Magnetfeld der Erde, die sich derzeit über den Südatlantik ausbreitet, bisher der Vorbote einer Polarumkehr. In der Erdgeschichte kommt eine solche Umkehrung der magnetischen Pole der Erde, relativ häufig vor, in der jüngsten Geschichte der Erde wechselten die Pole etwa alle 200 000 bis 300 000 Jahre und mit ihnen die Richtung des Erdfeldes. Die letzte Polumkehrung hin bis zur heutigen Ausrichtung des Erdmagnetfeldes fand jedoch schon vor

780 000 Jahren statt – ein solches Ereignis ist überfällig. Die Polumkehr ist stets mit einer Phase sehr geringer Feldstärken verbunden, also einer Phase erhöhter Strahlungsdosen aus dem All. Das hat auch Folgen für die Menschheit. Bei Satelliten, die auf tiefen Umlaufbahnen die südatlantische Anomalie vor der Küste Brasiliens überfliegen, wurden häufiger als andernorts Ausfälle der Elektronik beobachtet, Passagiere auf Langstreckenflügen sind durch erhöhten Strahlungsdosen ausgesetzt. Bei einer kompletten Polumkehrung des Planeten befürchten einige Experten sogar den Zusammenbruch ganzer Stromnetze auf der Erde. Eine Navigation mit dem Kompass wäre dann ebenfalls unmöglich. (usw. Potsdamer Neueste Nachrichten)

Bill hörte auf zu lesen. „Bring mir bitte etwas zu trinken, da werde ich ja ganz trocken im Hals!"

Maya stand auf, ging in die Küche, kam mit zwei Rhabarberschorlen zurück.

„Ich habe inzwischen weitergelesen: Fazit – bevor sich das Magnetfeld erneut umkehrt, könnten noch Jahrtausende vergehen!"

Er nahm einen großen Schluck von seiner Schorle, stellte sie ab und wischte sich den Mund ab.

„Das hätte mich aber nun schon sehr verwundert, wenn du geträumt hättest und das hätte auch gestimmt."

„Kann doch sein, ich fühle mich sowieso so übersinnlich veranlagt und sehr opportunistisch."

Bill sah sie an; „Sind das nicht alle Frauen?"

„Ja, schon und ganz viele Frauen, die eine Blutgruppe mit Rhesus Faktor negativ besitzen!"

„Was soll das nun bedeuten?"

„Das geht jetzt in eine ganz andere Richtung und die brauchen wir jetzt nicht!"

„Oh, ja. Das ist mir auch viel lieber. Sonst gerate ich noch in Gefahr, mit abzulenken und fange an in eine andere Richtung zu recherchieren."

Maya streichelte Bill wieder über seine Haare:

****

„Bleib du bei deinen Fakten und Zahlen. Du machst mich diesbezüglich schlau, wofür ich dir sehr dankbar bin und dadurch hoffe, ein komplexeres Denken zu erreichen."

„Und ich soll im Gegenzug mir deine Weisheiten, die du mir so nach und nach einflößt, verstehen und dadurch die Welt und dich besser kennen zu lernen?"

„Wenn du daran glauben magst, dass gemeinsames Verstehen Sinn macht, gerne!"

Bill nahm sie in die Arme.

„Manchmal kommst du mir vor, als seist du von einem anderen Stern, manchmal bist du mir unheimlich."

Sie stand abrupt auf, tänzelte wie eine kleine Fee und sagte: Ich habe eine gute Idee: „Wir gehen jetzt ins Auto Kino!"

„Das ist wahrlich eine gute Idee!" Bill warf wiederum sein Laptop an und suchte nach Autokinos. Ach, das Autokino in Aschheim gab es ja noch? Da war er früher ab und zu, mit Mädels.

Kapitel 6

Maya findet Herrn Reiter

Die nächste Woche war nicht mehr so heiß, dass Wetter, gemischt mit Sonne, Wolken und Regen. Die Menschen wurden unruhig. Es dauerte nun doch schon einige Zeit. In Tirol wurden bereits Masken getragen und es wird sicher nicht lange dauern, bis es hier auch so weit kommt.

Ein Tag verging wie der andere. Ohne besondere Vorkommnisse. Maya und Bill hatten auch die Lust verloren, weiter zu suchen und zu dokumentieren rund um Corona, das Thema fing an zu langweilen. Die Tage fühlten sich endlos an.

Dann, endlich eine Abwechslung, es läutete an der Tür! Maya und Bill hatten auf der Couch gelegen und gelesen. Sie schauten sich beide an.

„Wer mag es sein?" fragte Bill.

Maya stand auf und ging zur Tür. Es waren die beiden, nun schon bekannten, Polizisten.

„Ja, guten Abend!", begrüßte Maya die Herren und bat sie in die Wohnung. Bill hatte es gehört und war aus seiner gemütlichen Lage aufgestanden und schritt ihnen entgegen und begrüßte sie.

Sie nahmen Platz im Wohnzimmer. Maya und Bill schauten sehr interessiert und fragend in deren Gesichter.

Der eine Polizist, den Maya am besten fand, fing an zu reden: „Wir haben Herrn Reiter gefunden!"

„Wie gefunden, tot?"

„Nein, er ist nicht tot. Er lebt!"

„Waaaas, -er lebt?"

Maya sprang aufgebracht hoch.

Der Polizist sah erstaunt zu ihr:

„Beruhigen Sie sich doch!", er stand ebenfalls auf, nahm Maya am Arm: „Setzen Sie sich doch, es wird Ihnen gefallen was wir Ihnen erzählen."

Maya setzte sich wieder.

„Wir haben die Dame vom Pflegedienst besucht und bei längerer, intensiver Befragung ist sie dann geständig geworden und hat erzählt, dass der Chef von dem Pflegedienst den Pflegerinnen aufgetragen hat, dass sie melden sollen, welche alleinstehenden älteren Damen oder Herren von ihnen betreut werden und sie ausfragen, nach Familie, Wohnsituation, Vermögen etc., bei jeder Meldung hatten sie 500 Euro erhalten, was ein gutes Geld für die Pflegerinnen und Pfleger bedeutete, da diese sowie zu wenig verdienen.

Zu den gemeldeten Personen hat nun auch Herr Reiter gehört. Was hatte er für ein Glück, dass Sie ihn einen Tag davor besucht hatten, ansonsten wäre er in einem Heim für Demenzkranke wahrscheinlich verblieben bis er vor Kummer und Trauer gestorben wäre. Eine schlimme Geschichte ist das. Wir haben eine Durchsuchung veranlasst und mehrere ältere Herrschaften befreit und besser untergebracht!"

„Welchen Vorteil hatte dieser Chef von dem Pflegedienst davon?", fragte Bill interessiert.

„Den Abend davor hatte er die Pflegerin gegen Honorar beauftragt, Herrn Reiter eine Schlaftablette zu verabreichen. Spät in der Nacht hatte er sich in das Haus geschlichen, den schlafenden Mann auf eine Bahre in die Klinik für Demenzkranke gefahren!"

„Und welchen Vorteil hatte die ganze Aktion für ihn?"

„Finanzielle Ambitionen selbstverständlich im Vordergrund, vertauschte er die Papiere des Herrn Reiter mit einer anderen Person. Aus dem Herrn Reiter wurde dann, der durch Corona verstorbene Herr Bressler. Ihr Herr Reiter wurde als, an Demenz erkrankter Herr Bressler, eingeliefert, in der Folge wurde Herr Reiter als Corona Verstorbener beerdigt"

„Oh je!, ….und der Vorteil?"

„Unter der Vorgabe, die AGB`s des Pflegedienstes zu unterzeichnen, unterschrieb Herr Reiter das sehr Kleingedruckte, ohne es genau durchzulesen, und damit hatte er sich einverstanden erklärt, die Vollmacht über sein Vermögen und die Abwicklung aller Formalitäten im Todesfall samt Beerdigung an den Chef des Pflegedienstes zu übertragen.

„Und damit hat er sich natürlich auch das Vermögen aller Betroffenen unter den Nagel gerissen?"

„Ja, so ist es!"

Bill nahm einen Schluck von seinem Kaffee und sagte nachdenklich: „Sind die Söhne von Herrn Reiter nicht informiert worden?"

„Natürlich!", der Polizist machte eine kleine Pause und vervollständigte den Satz, „-nach der Beerdigung!"

„Das ist ja unglaublich, zu was Menschen, des Geldes und der Macht wegen, fähig sind!"

„Ja, so ist es!", nochmals den Blick zu Maya gerichtet: „ich bedanke mich auch im Namen aller Betroffenen, die wir durch Ihre Umsicht befreien konnten. Gut, dass Sie auch direkt auf mich zugekommen sind. Sie haben alles richtig gemacht."

Kopfschüttelnd nahm Maya die Hand von Bill und drückte sie fest: „Und wo ist nun Herr Reiter?"

„Er ist zuhause und wartet sehnsüchtig auf Sie!", zu Bill gewandt: „begleiten Sie bitte Ihre Freundin. Das wird sehr gefühlvoll werden. Übrigens, Herr Reiter ist gesund und trägt auch keinen Corona Virus. Das sage ich Ihnen zu Ihrer Beruhigung."

„Hat er nun eine gute Betreuung? fragte Maya besorgt.

„Ja, hat er. Wir werden in Zukunft besser aufpassen auf alleinstehende und alleinlebende, ältere Herrschaften, wie bisher. Das muss unbedingt sein, dass diese nicht Opfer geldgieriger Betrüger werden. Auch das haben Sie mit Ihrer Umsicht ins Rollen gebracht."

„Jetzt loben Sie mich nicht so sehr!"

„Doch, es ist sehr wichtig und wir Polizisten wünschen uns mehr Menschen, die aufmerksam und umsichtig sind und uns dadurch helfen, Menschen zu unterstützen und zu schützen."

Mit diesen Worten standen sie auf und Bill begleitete sie zur Tür und verabschiedete sich herzlich.

Maya eilte sofort zum Schuhschrank und zog Turnschuhe an und legte sich eine Jacke über.

„Komm, komm, beeil dich. Ich will zu Herrn Reiter."

Ebenso emsig zog Bill die Turnschuhe an, nahm die Lederjacke vom Haken und schon waren sie aus der Tür und rannten die Treppe runter und aus dem Haus.

An der Gartentür angekommen, läuteten sie Sturm und Herr Reiter kam ihnen freudestrahlend entgegen, öffnete die Tür und fiel Maya schluchzend in die Arme.

Maya drückte ihn fest und wartete bis er sich beruhigt hatte. In sich spürte sie ein tiefes Gefühl der Fürsorge für diesen alten Mann mit den wundervollen blauen, traurigen Augen und nahm sich vor, diese zum Leuchten zu bringen.

Dann stellte sie ihm Bill vor. „Herr Reiter, das ist Bill, mein Freund. Wir sind nun beide für sie da. Sie unternehmen und unterschreiben nichts mehr, ohne uns zuerst alles lesen zu lassen und mit uns zu besprechen. Ist das ok für Sie?"

„Ja, natürlich. Aber nun kommt herein." Er begleitete sie zum Haus und führte sie ins Wohnzimmer.

Als sie saßen und den von Herrn Reiter kredenzten Tee tranken, sagte dieser: „Ich wünsche mir, dass wir uns duzen, wenn Sie es erlauben. Ich bin Helmut!"

„Ja, sehr gerne!", sagten beide in einem Atemzug. Sie lachten: „wir sind Bill und Maya, für dich!" und stießen mit dem Tee auf die neue Freundschaft an.

„Ich war so froh an diesem Nachmittag als ich dich kennenlernte. Gleich habe ich ein tiefes Gefühl der Vertrautheit gespürt und freute mich, als ich dir erzählen konnte was mich bedrückt und wie sehr ich immer noch belastet bin, durch dieses Intermezzo in meiner Jugend und die Bombardierung und den Verlust meiner Heimat Würzburg. Du hast mir so zugehört und das tat mir gut. Auch als du gesagt hast, dass ich mich immer an dich wenden kann, falls ich etwas nicht kann oder weiß, hat mich so beruhigt, dass ich sofort, nachdem die Pflegerin aus dem Haus war, eingeschlafen bin. Ich dachte, es wäre wegen der Anstrengung des Tages, dass ich sofort in den Schlaf fiel. Am Morgen, als ich aufwachte, fand ich mich in einem fremden Bett vor. Ich wusste zuerst nicht, wie das geschehen konnte. Die Pflegerin sagte mir, dass ich einen Herzinfarkt hatte und Alarm beim Pflegedienst kurz davor gedrückt hatte. Diese haben mich geholt und mich in die Klinik gebracht. Das glaubte ich vorerst."

Helmut trank einen Schluck von seinem Tee und hielt die Hand von Maya, welche diese beruhigend streichelte. Bill lief aufgebracht in dem Wohnzimmer auf und ab.

„Und was war dann weiter?", fragte Bill aufgebracht und setzte sich. Helmut hatte sich in der Zwischenzeit beruhigt und fing an, die Geschichte weiter zu erzählen.

„Ich ging auf die Toilette und als ich zurück zu meinem Bett kam, las ich ein Schild, auf dem der Name -Bressler Heinrich- stand. Zuerst dachte ich, dass ich mich in dem Zimmer geirrt hatte und läutete nach der Krankenschwester. Etwas später traf sie ein und meinte: - „Herr Bressler, – wo waren Sie denn? Sie sollen doch nicht allein aus dem Bett -!"

 Mehrfach hatte ich betont, dass ich nicht Herr Bressler, sondern Herr Reiter bin. Keiner hörte mir richtig zu. Ich bekam das Essen und danach fiel ich in einem tiefen Schlaf. So ging das über Tage, bis ich selbst schon fast glaubte, dass ich Herr Bressler war, in den wenigen Minuten, die ich wach sein durfte!" Helmut nahm die Hand von Maya sehr fest:

„Ich habe immer an dich gedacht und auch von dir geträumt, Maya. Angefleht habe ich dich im Traum, mich zu besuchen, damit ich mit dir reden kann. Jeden Tag wurde ich trauriger und hilfloser und die Hoffnung wurde winzig klein und versank mit mir im Schlaf."

Maya streichelte seine Schulter: „Ich habe auch immer an dich gedacht und dich auch gesucht und nicht gefunden!"

Bill schaute zu ihm und fragte; „wo sind denn deine Kinder, du hast doch Kinder?"

„Ja!", meinte Helmut.

„Und wo sind sie?"

„Das ist eine unschöne Geschichte in meinem Leben!"

„Erzähl sie uns, wenn du magst!"

„Also gut, obwohl ich die Erlebnisse dieser Zeit sehr verdrängt habe!"

Bill wandte sich an Helmut:

„Magst du mit uns spazieren gehen?

Helmut schaute mich fragend und ein wenig unsicher an.

Bill sprach beruhigend auf ihn ein:

„Komm Helmut, Maya und ich, wir nehmen dich in die Mitte und wir spazieren ganz langsam durch den Hofgarten, setzen uns auf eine Bank und dann kannst du uns erzählen, wenn du magst, von deinen Kindern!"

Helmut nickte ein „ja", ließ sich die Jacke anziehen und seinen Hut von Maya aufsetzen, zog seine Schuhe mithilfe des Schuhlöffels an. Mutig spazierte er mit uns aus dem Garten und aus dem Gartentor auf die Straße.

Maya und Bill nahmen Helmut zwischen sich und er hackte sich bei beiden ein. Langsam und plaudernd spazierten sie Richtung Hofgarten. Die Straßen waren fast leer und auch der Hofgarten wenig belebt. Die Sonne schien und sie setzten sich auf eine Bank und schauten den Blumen beim Wachsen zu. Schön langsam öffneten sich die Knospen und ließen in kleinen Farbtönen bereits die Pracht der kommenden Blüten erahnen.

Maya meinte: „Ich bin jedes Jahr begeistert, wenn aus der starren Zeit wie von selbst die Pflanzen zu neuem Leben mutieren wie von Geisterhand, ohne Zutun eines Menschen, einfach nur bewunderungswert. Ich genieße dieses großartige Naturspiel jedes Jahr aufs Neue."

Beide Männer gucken Maya eigentümlich an und Bill antwortete: „Echt, für mich ist das nichts Besonderes, wenn es jedes Jahr dasselbe ist, dann find ich es normal. Ich würde erst merken, wenn es nicht mehr so wäre!"

Helmut nickte zustimmend mit seinem Kopf und lächelte Bill zu; „Ich denke da genauso darüber, tut uns leid Maya."

„Ist schon gut, schmunzelte sie!"

Helmut lehnt sich zurück auf die Bank und streckte sein Gesicht zur Sonne.

„Ach ist das schön. Ich glaube, ich bin schon jahrelang nicht mehr hier entlang gegangen!"

„Warst du immer zuhause?"

„Ja, ich habe mich nicht mehr getraut rauszugehen und irgendwann war ich es gewohnt, nur bei mir im Gartenfrische Luft zu schnuppern und mich von der Sonne bestrahlen zu lassen!"

Maya streichelte seinen Arm: „Dann machen wir das in Zukunft öfter. Und wenn uns der Corona Virus verlässt, gehen wir in den Biergarten."

„Oh ja, da freue ich mich drauf!"

Sie standen auf und spazierten weiter, blieben ab und zu stehen und redeten über alles Mögliche, nur nicht über das Gewollte, -seine Kinder! Wahrscheinlich hatte er keine Lust dazu.

Bill und Maya verabschiedeten sich und Maya versprach, am Abend nochmals vorbei zu schauen.

****

Zuhause angekommen meinte Bill; „Du Maya, was meinst du. Ich habe noch ein paar alte Handys rumliegen, da richte ich eins so ein, dass Helmut nur auf eine Taste drücken braucht und ist dann immer sofort mit uns verbunden?"

„Das ist wieder eine, deiner glorreichen Ideen!"

So gegen sieben Uhr abends, spazierte Maya nochmals zu Helmut und brachte ihm das Handy.

Die neue Pflegerin, eine sehr symphytische Frau Kretschmer, stellte sich vor und Maya gab ihr ihre Handy Nummer, damit auch der Kontakt zwischen der Pflegerin und ihr hergestellt war. Das beruhigte Maya sehr und auch Helmut schien zufrieden zu sein.

Frau Kretschmer verabschiedete sich und sagte, sie würde morgen gegen neun Uhr wiederkommen.

Helmut bat Maya noch etwas zu bleiben.

„Ja, mache ich gerne, Helmut!"

Sie setzte sich auf die Bank vor der Haustür mit ihm.

Er nahm eine Zigarre und fing an zu schmauchen.

Maya sah ihn liebevoll an; „Das gefällt dir jetzt, Helmut?"

„Ja sehr und nun will ich dir auch gern von meinen Kindern erzählen." Er zog sehr genussvoll an seiner Zigarre und auf einmal kullerten die Worte nur so aus seinem Mund.

„Ich habe sehr früh geheiratet. Eine kurzfristige Liaison hatte ergeben, dass ich, kaum dass ich gewahr wurde, wie Sexualität zwischen Pärchen passiere, wurde ich Vater.

114

Früher war das so, dass man, wenn Kinder entstanden, dann auch heiraten musste, was wir in der Folge auch taten. Meine Frau war um einiges, genau gesagt um 15 Jahre älter als ich. Eigentlich hat sie mich verführt, nur ich war sehr unwissend. Wir besorgten uns eine Wohnung und lebten ganz gut zusammen. Ruhig und harmonisch und ich freute mich sehr, als mein Sohn, Alfons, geboren wurde. Ich habe mich gerne und viel mit ihm beschäftigt, ihn gefüttert, die Windeln gewechselt und es machte mir Freude. Ich nahm ihn oft mit in mein Bett und er schlief in meinen Armen ein. Meine Frau arbeite abends in einem Lokal als Kellnerin, weil wir so wenig Geld hatten. Ich arbeitete bei einer Bank und verdiente auch nicht sonderlich gut. Mit unserer Arbeit, die verschiedene Zeiten beanspruchte, war auch die Pflege unseres Sohnes kein Problem. Eines Tages kam meine Luise von der Arbeit nach Hause, weckte mich auf und bat mich, mit ihr ein Fläschchen Sekt, welches sie mitgenommen hatte, zu trinken. Ich tat es, obwohl ich lieber weitergeschlafen hätte, trank zwei Gläschen Sekt und wurde etwas betrunken, da ich Alkohol wenig gewohnt war. Sie verführte mich regelrecht und ich ließ es mir auch gerne gefallen. Es war sehr selten, also eigentlich kaum, dass wir uns körperlich näherkamen. Ich genoss es und hoffte, dass Luise vielleicht wieder einmal mit einem Fläschchen Sekt in der Hand, mich weckte und verführte. Nur das passierte nicht mehr, stattdessen erklärte sie mir, dass sie wieder schwanger sei. Ich freute mich sehr. Dann wurde unser zweiter Sohn Felix geboren. Wir teilten uns die Pflege der Kinder, wie gehabt. Da wir schon geübt waren, funktionierte unser Tagesablauf auch mit zwei Kindern reibungslos. Unser Leben war gut, ich war sehr zufrieden, so wie es war und dachte, dass es so mein Leben lang bleiben wird. Doch es war nicht so."

Helmut fing an zu schluchzen und hätte sich bald an dem Rauch der Zigarre verschluckt. Maya ließ ihm Zeit und streichelte seinen Rücken. Nach einigen Augenblicken erzählte er weiter.

„Als ich eines Tages von der Bank nach Hause kam, war Luise mit den Kindern ausgezogen. Ein Zettel lag auf dem Küchentisch. Helmut fummelte in seinem Geldbeutel und kramte einen ziemlich zerknitterten Zettel hervor. Es war schwer, die Handschrift zu entziffern. Helmut sagte zu Maya: „Komm ich lese es dir vor. Ich kann den Text auswendig. Ich habe ihn 100te mal gelesen.

Lieber Helmut

Ich wollte dir gerne persönlich sagen, dass ich mich von dir trennen will, weil ich einen anderen Mann kennen und lieben gelernt habe. Es tut mir leid. Wir haben uns zwar ‚gut verstanden, aber es fühlte sich für mich so an, als wären wir Bruder und Schwester. Unser jüngster Sohn Felix ist nicht dein Sohn. Ich hatte schon längere Zeit ein Verhältnis mit Max und wurde schwanger. Darum hatte ich dich verführt, damit du der Meinung bist, es könnte dein Sohn sein. Max hat sich scheiden lassen, uns ein Haus gebaut, in das ich heute mit den Kindern eingezogen bin. Ich hatte nicht den Mut, dir das ehrlich von Auge zu Auge zu sagen. Bitte verzeih.

Ich nehme auch deinen Sohn mit, weil ich der Meinung bin, dass Geschwister zusammenbleiben sollen. Uns geht es sehr gut hier bei Max. Bitte störe und zerstöre unser Leben, das ich nun gewählt habe, nicht.

Letzten Gruß von Luise, Alfons und Felix.

Bitterlich weinend bewahrte er den Zettel wieder in seine Geldbörse. Seine wundervollen blauen Augen sahen Maya traurig an.

„Seither habe ich die Kinder nicht mehr gesehen und auch nichts mehr gehört von ihnen. Ich habe mich an die Bitte gehalten, meine liebe Familien nicht bei dem gewünschten Leben, ohne mich, zu stören."

Er schluchzte immer wieder und es wurde weniger.

„Und was hast du dann gemacht?"

„Nichts, ich habe gearbeitet bei der Bank, bin befördert worden bis zum Bankdirektor und habe mir dieses Haus gekauft und eingerichtet und lebe seit vielen Jahre hier, allein!"

„Ganz allein? Hattest du dann wenigstens zwischendurch Freundinnen?"

„Nein, ich hatte, um ehrlich zu sein, zweimal im Leben Sex und daraus sind meine Söhne, bzw. mein Sohn entstanden und wollte nicht mit einer anderen Frau schlafen. Ich liebe meine Frau und meine Kinder immer noch."

„Wolltest du deine Familie nicht wenigsten sehen und die Kinder betrachten, wie sie groß werden?"

„Nein, ich habe sie so im Herzen und in meinem inneren Auge, wie sie waren und mag kein anderes Bild."

Maya streichelte Helmut weiter beruhigend an seiner Schulter und beide saßen schweigend nebeneinander. Dann brach Maya diese Stimmung und lenkte ihn ab.

„Schau mal, Helmut. Ich habe hier ein Handy und wenn du hier auf die Taste drückst, dann sind entweder ich oder Bill zu erreichen. Probiere mal."

Helmut drückte auf die Taste, wie ihm geheißen:

„Hallo Helmut!", meldete sich Bill. Verwundert sah Helmut Maya an:

„Ja, sag was!"

Helmut stotterte als er sagte: „Hier ist Helmut, hallo Bill."

„Hallo, wie geht es dir Helmut!"

„Mir geht es sehr gut. Maya ist bei mir. Danke für das Handy. Ich werde es sicher ein paarmal versuchen."

„Ja, mach das so oft du magst, bis du es sicher bedienen kannst. Schlaf gut. Bis morgen."

„Bis morgen!"

Er sah auf das Handy. Auf dem Display verschwand das Licht. Er schüttelte verwundert den Kopf und wollte Maya das Handy zurückgeben.

„Nein, das ist nun deins. Trage es bei dir, dann können wir dich immer erreichen. Schau, ich zeige dir nochmal, wie es funktioniert!"

Sie nahm das Handy und zeigte auf die Taste: „Guck, hier drückst du, mach mal!"

Helmut drückte auf die Taste und hörte ein Tuten. Bill meldete sich:

„Hallo Bill!", sagte Maya, „wir legen jetzt auf und dann rufst du bitte Helmut an."

„Ja, mach ich!"

Das Licht auf dem Display erlosch. Helmut schaute gespannt, das Licht leuchtete auf und ein Klingelton, wie
eine laute Hupe erklang, Helmut erschrak, Maya lachte,
Helmut nahm das Handy ans Ohr und sagte wieder etwas
stotternd:

„Hallo Bill!"

Hallo Helmut, na, funktioniert doch? Du bist ein Genie!"

Helmut freute sich über das Lob, nahm das Handy und
drückte es an seine Brust.

„Danke!"

„So, und nun muss ich gehen. Schaust du noch fern?
Kann ich dir was helfen?"

„Nein, alles gut!"

„Rufst du uns bitte an, bevor du ins Bett gehst?"

Helmut nickte und übergab Maya den Schlüssel für das
Gartentor.

„Es ist deiner, damit du immer zu mir kommen kannst!"

„Helmut begleitete sie bis zum Tor. Maya gab ihm einen
Kuss links und rechts auf der Wange, Helmut strahlte,
Maya auch.

Die leichtfüßigen Schritte zu ihrem Haus, begleiteten ein
Lächeln. Mein Gott, macht das glücklich im Herzen,
wenn man jemand geholfen hat. Sie sah in Gedanken, die
leuchtenden, strahlend blauen, dankbaren Augen. Diesen
Blick würde sie nie vergessen.

Das wäre ein Mann gewesen, der die Familie auf Händen getragen hätte. Schade, dass seine Liebe keine Frau gepflückt hat.

****

Helmut lernte flink das Handy zu bedienen. Sehr oft hatte er probiert und sich gefreut, wenn Maya oder Bill sich meldeten.

Einige Tage später luden die beiden Helmut ein zu einem Abendessen ein. Maya bereitete ein schönes Essen vor und Bill ging die paar Schritte zum Nachbarhaus und sperrte die Gartentür auf. Helmut kam ihm entgegen mit Hut und Stock.

„Ach, du bist ja schon bereit zu gehen!", freute sich Bill. Helmut hakte sich ein und langsam spazierten sie die Straße entlang und fuhren mit dem Aufzug in den zweiten Stock.

„Das ist schon toll, wenn man einen Aufzug hat. Ich war schon einige Zeit, mindestens 1 Jahr nicht mehr bei mir im 1. Stock und noch länger ist es her, dass ich im Dachgeschoss war!", schuldbewusst schaute Helmut Bill an.

„Mach dir keinen Kopf, Helmut. Das können wir mal in den nächsten Tagen gemeinsam machen und nachschauen, ob alles ok ist!"

„Würdest du das wirklich machen?", Helmut strahlte Bill an.

„Natürlich machen wir das!"

Der Aufzug hielt im 2. Stock. Bill geleitete ihn zur Wohnungstür, welche in diesem Augenblick von Maya geöffnet wurde.

Maya reichte ihm ihren Arm und führte ihn in die Wohnung.

„Ja, gerne, da fühle ich mich sicherer. Mein Gott, war ich lange Zeit nicht mehr in einer fremden Wohnung!", er blieb stehen, sah sich um: „Wie modern und hell das hier ist. Die schönen, hellen Möbel. Bei mir ist alles so düster."

„Oh, wie wunderschon und so gemütlich. Die vielen Blumen." äußerste sich Helmut beim Anblick der Lounge, setzte sich, legte den Stock an seiner Seite und blickte stumm über den Tisch.

„So schön habt ihr das zubereitet für mich, vielen Dank!"

„Jetzt essen wir mal ordentlich. Lass es dir schmecken. Darfst du ein Bier trinken. Ich hätte da ein Augustiner für dich kaltgestellt."

„Da muss ich wahrscheinlich passen. Ich habe jahrelang keinen Schluck Alkohol getrunken und weiß nicht mal wie ein Augustiner schmeckt."

„Du bekommst ein kleines Glas mit viel Schaum. Und danach trinkst du Wasser. Bier passt viel besser zum Obazten, Leberkäs und den Brezen."

Maya legte ihm die leckeren Sachen auf den Teller, eine Breze daneben, dann hoben sie die Gläser, stießen auf ein gemeinsames Wohl an.

Helmut prostete ihnen zu. Nachdem er einen Schluck getrunken hatte, meinte er:

„Ich hatte ganz vergessen, wie gut so ein Bier schmeckt!" nach diesen Worten wischte er sich den Schaum genüsslich von den Lippen.

Es wurde eine muntere Runde. Sie aßen und tranken, Helmut hatte mittlerweile sein Bier mit Limo gemischt und somit die Angst vor einem Schwips verloren.

Nach einiger Zeit waren die leckeren Speisen vertilgt. Maya räumte das Geschirr in die Küche und Bill holte Zigarren.

„Schau mal, Helmut, was ich da für dich habe. Du magst Zigarren, sagte mir Maya!"

„Oh ja, sehr gerne!"

Bill gab ihm die Zigarre und reichte ein langes, brennendes Streichholz, Helmut zog an seiner Zigarre bis sie glühte, dasselbe tat Bill bei seiner Zigarre. Zurückgelehnt in den gemütlichen Sesseln, pafften sie den Rauch gegen den Himmel.

Nach einiger Zeit fragte Helmut: „Wo bleibt den Maya?

„Sie schaut sich wahrscheinlich in der Küche im TV die Reportage über das Kriegsende an. Heute, 8. Mai, vor 75 Jahre hat ja Deutschland kapituliert. Maya interessiert sich dafür."

„Wirklich!", Helmut sah Bill an, „da kann sie mich einiges fragen, ich habe das Ende erlebt und auch die Zerstörung Würzburgs, insgesamt 160 Städte und 850 wurde ja kurz vor Kriegsende dem Boden gleich gemacht. Es war entsetzlich. Das kann sich heute niemand mehr vorstellen, wie schlimm das war. Die Menschen konnten es nicht fassen, als dann, kurz darauf, am 8. Mai der Krieg zu Ende war. und mussten sich erst mit dem Wort „Frieden" vertraut machen. Es war nichts mehr da, außer Schutt und Asche!" Er zog an seiner Zigarre und wische sich die Tränen aus den Augen.

Bill ließ ihn gewähren. Nach einiger Zeit beruhigte er sich. Maya kam aus der Küche, sah auf Helmut und dann auf Bill.

„Was ist denn mit euch los. Hast du Helmut beleidigt?", sie sah zu Bill.

„Nein, keineswegs, was denkst du von mir?"

Helmut sah zu Maya: „Bill hat mit nur erzählt dass du im Fernseher die Geschichte der Kapitulation von Deutschland am heutigen Tage anschaust und da sind meine schlimmen Erinnerungen in mir wach geworden und ich habe diese Bill erzählt und dabei kamen mir wieder die Tränen, wie bei vor Kurzem bei dir, als ich von Würzburg erzählte."

Maya setzte sich zu Helmut und streichelte seine Hand.

„Alles gut, am besten wir reden nicht mehr darüber!"

„Nein, nein!", sagte Helmut, „gerade das ist ja das Schlimme, dass die Menschen nicht darüber reden und das Unangenehme wegschieben und vergessen. Wie sollen dann die jungen Leute sich einprägen, dass sie nie mehr wieder Kriege machen! Sie wissen und ahnen nicht einmal, wie grausam das sein kann!"

„Tun sie das?", fragte Bill.

„Ja, natürlich, es wird verschwiegen und vergessen. Wir hatten doch auch alles vergessen, was vor uns und in der Vergangenheit lag. Die Menschen haben sich schon immer, belogen, betrogen und getötet.

Das hat sich nichts geändert, obwohl es lehrreiche, blutrünstige Geschichten zurückzuverfolgen gab, bis Kain und Abel, wenn man es genau nimmt!"

„Und wie siehst du nun so diese Corona Geschichte?"

„Ich kann nicht mehr glauben, dass es nur darum geht, Menschen zu retten. Das bemerkt man doch an der Flüchtlingskrise. Während und nach dem Krieg gab es viele deutsche Flüchtlinge, die alle aufgenommen wurden, obwohl es kaum Essen gab. Ich vermute, da steckt etwas anderes dahinter. Wir wissen es nur nicht. Wir Menschen haben doch nie gewusst um was die Obrigkeit vor hat, wir haben und werden es schmerzlich erfahren, warum sollte es dieses Mal anders sein!"

„Meinst du?"

„Ja meine ich!", ich kann leider nicht glauben dass sich irgendwann etwas ändert in den Köpfen der Menschen, sie frönen dem Vergänglichem, wie Macht und Geld mehr als den bleibenden Werten der wohltuenden Liebe, der prachtvollen Natur, dem gemeinsamen Lebensgang der Menschheit. Das Leuchten in den Augen der Mitmenschen, wenn ihnen geholfen wird. Ich sehe nichts an positiver Veränderung durch die Schrecken der Kriege, durch Religionen, es ist immer gleich, seit Kain und Abel, wenn es die überhaupt gab, und ist somit wohl unweigerlich natürlich!"

Nachdenklich saßen nun die Drei da, jeder in seinen Gedanken versunken. Wäre schon interessant, zu wissen, ob sie in die gleiche Richtung dachten.

****

Bill brach dann die bedrückende Stimmung:

„Maya, Helmut hat erzählt, dass er schon lange Zeit nicht mehr in seinem Haus in den oberen Räumen war. Wollen wir mit ihm mal eine Besichtigung machen?"

„Doch, das mache ich gerne. Nächste Woche haben wir noch gut Zeit. Keine Ahnung, wie lange diese ruhige und entspannende Phase, in der wir uns gerade befinden, noch dauert. Da haben wir gut Zeit, so etwas zu tun, bis dann der pure Wahnsinn mit seinen gierigen Fingern wieder nach uns grapscht, uns in seinen Bann zieht und wir landen da, wo wir waren!"

„Das hast du schön und treffend gesagt, Maya!", sagte Bill und Helmut meinte: „dann machen wir das doch. Ich bin auch schon neugierig, was ich da oben gebunkert habe, an das ich mich nicht mehr erinnern kann!"

Mit diesen Worten griff er nach seinem Stock: „So, nun muss ich nach Hause. Soviel Ausgang hatte ich schon lange nicht mehr. Schön, dass ihr mich eingeladen und mir so aufmerksam zugehört habt."

Maya begleitete ihn, sie hatten die Gartentür erreicht, Maya schloss auf und brachte Helmut ins Haus.

„Soll ich dir noch helfen, dich für die Nacht fertig zu machen?"

„Auf keinen Fall, das kann ich noch gut allein. Die Pflegerin hat mir fein säuberlich alles hergerichtet für die Nacht. Schau, sie hat sogar die Bettdecke zurückgeschlagen und die Pantoffeln hingestellt. Sie ist so fürsorglich. Das war ich nicht gewohnt von dem Pflegedienst, den ich vorher hatte."

„Nun ist es so besser und wir passen gut auf dich auf. Schlaf gut!"

Maya umarmte ihn liebevoll.

„Wenn alle Menschen so wäre wie du, dann könnte ich Hoffnung verspüren. Schlaf du auch gut, mein Mädchen!"

Die Tage bis Pfingsten – lock down

Nun waren 36 Tage der erweiterten Ausgangsbeschränkung vergangen. Die meisten Menschen hatten sich daran gewöhnt. In Bayern waren die Beschränkungen nicht so hart angeordnet, wie z. B. im benachbarten Österreich.

Einige Menschen beginnen sich über die Einschränkungen vehement zu ärgern.

Ende April kamen die ersten Demonstrationen bundesweit. In München hielten sie sich in Grenzen. Sowohl die Polizei als auch die Demonstranten verhielten sich vorbildlich. Die meisten Menschen trugen keine Masken, hielten jedoch die Abstandsregeln ein. Das Thema war, das Einschneiden in die Grundgesetzte und die angedachte Impfpflicht.

Die Leute fangen an zu singen: „Einigkeit, Recht und Freiheit". Im Grunde genommen, alles friedlich. Anders in Berlin und in anderen Städten, da muss die Polizei strenge Maßregelungen einsetzen.

Ab dem 27. April wird die Maskenpflicht auch in Deutschland eingeführt, um die Ausbreitung der Infektion durch Corona einzudämmen. Die Masken kann man selbst nähen oder auch Halstücher stattdessen verwenden, um diese in allen öffentlichen Gebäuden und Verkehrsmitteln, beim Einkauf usw. zu verwenden.

Der Abstand soll weiterhin eingehalten werden und die Masken getragen, wer es nicht macht, muss mit einem Bußgeld rechnen. (vorbildlich von männlichen Politikern angewendet, weibliche Politikerinnen machen wohl aus optischen Gründen eine Ausnahme –wobei bei einigen eine Gesichtsmaske diesbezüglich ratsamer wäre), angeblich zur Vorsicht und zum Schutz der Menschen, da sich das Virus immer noch verbreitet.

Die ersten Läden (bis 800 qm Verkaufsfläche) dürfen geöffnet, mit Masken in gekennzeichneten Abständen betreten und verlassen werden.

Erstmals ist das nach so langer Zeit für die meisten Menschen zufriedenstellend.

Endlich hatte man wieder das Gefühl in einer Großstadt zu sein und nicht in einer Geisterstadt.

Schon langsam wurde auch der Verkehr wieder flüssiger als gehabt.

Ab Pfingstmontag gibt es erhebliche Lockerungen in Bayern. Die anderen Bundesländer entscheiden, nach Belieben, jedes Bundesland für sich.

Genauso verhält es sich mit Europa. Eine europäische Gemeinschaft ist nicht zu erkennen. Jeder bäckt in dieser Zeit, seine eigenen Brötchen, was schade ist. Ein gemeinschaftliches Europa im Krisenfall wäre hier angebracht. Das Gegenteil ist passiert. Die Grenzen wurden geschlossen und kontrolliert. Jeder Staat entscheidet für sich selbst, sogar jedes Bundesland, speziell in Deutschland. – Wir leben ja in einem demokratischen Land!! -

Ab 15. Juni werden die Grenzen wieder geöffnet und Kinos, Gottesdienste, Theater und Kulturbetriebe etc. dürfen, unter Einhaltung vorgegebener Hygienevorschriften, öffnen.

Die Hotel- und Gastronomie darf auch unter besonderen Hygienevorschriften ihre Pforten öffnen.

Genügend Abstand zwischen den Gästen muss eingehalten werden. Bei Ankunft und Verlassen der jeweiligen Gaststätte ist Maskenpflicht, die Inhaber und das Personal müssen stets Masken tragen, wenn man am Tisch Platz genommen hat, kann man auf die Maske verzichten. Diese Vorsichtmaßnahmen, gestalten ein Verweilen ungemütlich und keineswegs empfindet man diese Situation allzu entspannt.

Größere Gaststätten schließen trotz allem nicht auf, oder gleich wieder zu, da sich in den Betrieben eine Öffnung zu diesen Bedingungen keineswegs lohnt. (Manch einer kann diese Auflagen nicht wirklich verstehen, da ja auch vor Corona in Restaurant die Menschen an extra Tischen saßen und dann auch nur gemeinsam mit Freunden oder Bekannten. Zur Toilette ging man meist allein, hätte auch ein Schild (- Toiletten einzeln betreten, genügt-).

Bei Gaststätten, in denen der Spaß und der Alkoholgenuss an vorderste Stelle stand, war und ist es ganz klar, dass die Leute eng beieinander sein wollen. Da kann man solche Einschränkungen verstehen, doch in Cafe´s, Restaurants usw., wären andere Maßnahmen auch machbar gewesen.

Erwähnt sei auch, dass sämtliche öffentlichen Feste, Events, Veranstaltungen weiterhin, voraussichtlich während des ganzen Jahres 2020 gestrichen worden sind.

Pfingsten werden Urlaubsangebote in der Region bzw. in Deutschland angeboten, jedoch unter den vorgegebenen Auflagen. Ab 15 Juni werden die Grenzen zu den meisten europäischen Ländern geöffnet und gegenseitige Urlaubsbuchungen sind erwünscht.

Vorerst soll jedoch das Urlaubsziel der europäische Raum bleiben,

Bill hat wieder die Ruhe gefunden und weiter recherchiert. Ihn interessierte die

Wirtschaftliche Lage durch die Pandemie

und er las verschiedene Berichte diesbezüglich, welche in den Medien aufgezeichnet waren:

Während der Corona-Krise bestimmen neben den Sorgen um die Gesundheit auch wirtschaftliche Folgen das Geschehen, auch in der Landwirtschaft. Die Nachfrage nach Erzeugnissen hat sich für die Betriebe über Nacht verändert.

Längst hat sich das Virus aber zu einer globalen Krise ausgeweitet. Quasi über Nacht, brach die Nachfrage nach Erzeugnissen ein. Insbesondere durch den Ausfall der Gastronomie und der Hotellerie, aber auch durch das ins Stocken geratene Exportgeschäft oder die fehlenden Saisonkräfte aus dem Ausland.

Die Soforthilfen für die gewerblichen Betriebe bleiben jedoch nur ein Tropfen auf dem heißen Stein.

750 Milliarden Euro sollen in die wirtschaftliche Erholung Europas nach der Corona Krise fließen. Die EU-Kommissionspräsidentin spricht von einer Generationsaufgabe. Die europäische Wirtschaft soll auf Kurs für eine grüne und digitale Zukunft gebracht werden. Dies soll aus Krediten finanziert und bis 2058 abbezahlt werden- (durch die bereits geschädigten Steuerzahler?!!-). Keineswegs nimmt das Finanzamt Rücksicht auf die schlechte Finanzsituation der Unternehmer und mahnt und fordert fleißig, wie gewohnt, die Steuerschuld.

Hmmh? , dachte sich Bill, ...und wer soll das bezahlen? - ach ja, das ist eine „Generationsaufgabe", also unsere Nachkommen-. Verwunderlich ist es auch, sobald es ums Finanzielle geht, scheint es doch ein vereintes Europa zu geben.

Es schien ihm so, als spielten die Entscheider Monopoly, mit Spielgeld!!!!

Da ist es doch interessant zu wissen, wie es mit den Staatsschulden bisher steht?

Eine Welt voller Schulden

Deutschland	*2.000.000.000.000*
Österreich	*290.000.000.000*
Europa	*10.000.000.000.000*
USA	*21.000.000.000.000*

Eine Welt der reichsten Staaten

1.	*Schweiz*	*564.653*
3.	*Vereinigte Staaten*	*432.365*
13.	*Frankreich*	*276.121*
14.	*Österreich*	*274.919*
21.	*Deutschland*	*216.654*
72.	*Russland*	*27.381*

(Quelle: Wikipedia – Liste der Länder sortiert nach dem durchschnitt-lichen Vermögen auf jede volljährige Person in US-Dollar)

Eine Welt mit reichen Menschen

1. Jeff Bezos, Amazon	*183.6 Mrd. Dollar*	
2. Bill Gates, Ex Microsoft	*113.8*	"
3. Bernard Arnault, Moet usw.	*112.1*	,,
4. Mark Zuckerberg, Facebook	*88,3*	,,

Das Internet hat einige Männer in den letzten Jahren zu Milliardären gemacht und somit die digitale Zukunft eröffnet.

Bill musste erstmals nachvollziehen, wie viele Nullen eine Billion besitzt. Er rechnet nach, also 12 Nullen, da 1000 Milliarden eine Billion ergibt. Ein Wahnsinn: vor Jahren war eine Milliarde ein enormer Betrag und nun ist die Grenze zur Billion überschritten und Europa bläht sie auf, die 10 Billion sind erreicht. – In ein paar Jahren erreicht man dann die Trillion?

Zu beachten ist hier wohl die Staatschuldenquote, die aussagekräftiger ist als die tatsächliche Schuldenquote, da hier die Schulden ins Verhältnis gesetzt werden mit der gesamten Wirtschaftskraft, dem Bruttoinlandsprodukt (BIP).

Bill wurde nun klar, was damit gemeint ist; - Generationsaufgabe -! Er verstand das so, je mehr Schulden aufgenommen werden, um in die Zukunft zu investieren, je mehr Möglichkeiten bestehen für unsere Kinder die Schulden zu tilgen.

Für sich dachte Bill, na klar; monatlich 1000 Euro Rückzahlung für jemand der nur 800 verdient, ist viel, - für den der 10.000 verdient, ein Klacks, und innerlich hoffte er, dass dieses System langlebig ist.

Zumindest ist es ihm nun klar, dass die ganze Welt mit Schulden in Billionenhöhe investiert hat auf die Zukunft der Nachkommen, - wollen das die Nachkommen, respektive, hat schon jemals eine Generation die Nachkommen gefragt, was sie wollen? Fragen Eltern die Kinder, was sie wollen?

Er dachte an Maya –diese Recherche möchte er ihr am liebsten nicht zeigen, da sie sich sehr darüber aufregen würde -. Er ahnte schon, was sie sagen würde:

-Aus vermeintlichen <Gutmut> mit Schulden in die Zukunft zu investieren und dabei rücksichtslos mit Natur und Menschen umzugehen, ist eine Illusion -.

Wenn er so wie Maya darüber nachdachte, musste er ihr wohl oder übel Recht geben.

Dieses Thema bedrückte ihn sehr und er suchte nach weiteren, interessanten Artikeln und wurde fündig:

Fleischfabriken Skandal

Durch Corona deckten sich ab Mitte Mai üble Sachverhalte in deutschen Fleischfabriken auf.

Schlachthof Westfleisch, Fleischfabrik Bad Bramstedt, Müller Fleisch in Pforzheim, Tönnies Fleischfabrik (Zulieferer von Aldi. Lidl, REWE, weitere werden eventuell noch folgen.

Man könnte von moderner Sklaverei sprechen. Die Arbeiter aus, meist Rumänien, Bulgaren und Polen, sind auch während der Corona Zeit in diesen Fabriken zu minderwertigsten Arbeitsverhältnissen und nicht zumutbaren Unterbringungsorten aufs Übelste ausgebeutet worden. Durch Corona hat man mehrere Infektionen, erstmals im Schlachthof Westfleisch festgestellt. Eine Vielzahl der Beschäftigten sind Corona infiziert.

Kein Politiker fühlt sich zuständig und niemand hat hier eine Kontrolle eingeleitet. (Erstaunlich, da normale Bürger sofort mit Strafgeldern bedacht werden, falls sie Regelungen, wie Abstand und Maskenpflicht, nicht einhalten). Die Unternehmer haben mit Subunternehmen Werksverträge abgeschlossen, in denen die gestellten Arbeiter aus Ost- und Südeuropa angestellt sind. Die Gesundheitsämter wurden erst tätig, als jemand krank geworden ist. Obwohl es in Deutschland ein Gesetz gibt, dass in der Lebensmittelbranche arbeitende Mitarbeiter zwingend ein Gesundheitszeugnis, welches von einem Gesundheitsamt ausgestellt werden muss, zu besitzen hat. Ein Arbeiten nach dem IfSG ohne Gesundheitszeugnis ist strafbar. Tut sich die Frage auf, warum dies in solchen Betrieben nie geprüft worden ist und besonders in der Zeit, in der Corona residiert? Seit 2001 ist dieses Gesetz in Kraft getreten. Wozu gibt es Gesetze, wenn sie nicht eingehalten und geprüft werden. Tritt auch hier die Bestrafung eher den kleinen Mann als Lobbyisten? Wenn ja, wäre es eine große Sauerei, dachte Bill, aber es ist sehr wahrscheinlich.

In diesen Fleischfabriken, die für Großfilialisten, tätig sind, werden Dimensionen erreicht, die jegliche Vorstellungskraft überschreiten: 58 Millionen Schweine, 630 Millionen Hühner,3 Millionen Rinder werden in Deutschland im Jahr geschlachtet und in diesen Fabriken verarbeitet, die dann zu einem sehr niedrigen Preisniveau, gehandelt werden.

-Grauenvoll-, da vergeht sogar Bill die Lust auf ein leckeres Schnitzel. Diese Recherche war auch nichts für Maya. Die würde ihm verbieten, in Zukunft ein einziges Stück Fleisch zu essen. Niemand denkt daran, wenn ein leckerer Schweinsbraten oder ein knuspriges Hendl auf dem Teller liegt.

Die Recherchen ergaben, dass sehr wohl auf die Herkunft und Zucht dieser Tiere geachtet wird, hat man die Menschen, die in diesen Betrieben arbeiten müssen, vergessen? Diese Aufdeckungen, die Lebewesen betrafen, waren für sein Gemüt zu viel.

Flüchtlinge in Europa

Seit der Corona Pandemie und die dadurch geschlossenen Grenzen in Europa, hat sich der Flüchtlingsstrom im südlichen Europa wesentlich eingeschränkt. In Griechenland leben jedoch ca. 45.000 Flüchtlinge in schlechtesten Verhältnissen. Durch die Pandemie ist eine Unterbringung in europäische Länder z.Z. nur begrenzt möglich. Einige wenige Jugendliche, ohne Eltern, hat man in Deutschland aufgenommen. In einem Europa mit Herz könnte man alle Kinder und Jugendlichen unterbringen.

Flüchtlinge weltweit

Die Zahl der Flüchtlinge ist im vergangenen Jahr weltweit auf ein neues Rekordhoch gestiegen, Ende 2019 waren insgesamt 79,5 Mio. Menschen auf der Flucht, heißt es im Bericht der UNHCR, der am Donnerstag veröffentlicht wurde.

Das sei nicht nur ein Anstieg von fast neun Millionen Menschen zum Vorjahr, sondern auch zugleich die größte Zahl an gewaltsam Vertriebenen, die man je registriert hatte, so die Organisation. Zudem habe sich die Zahl der Vertriebenen damit innerhalb von nicht mal zehn Jahren verdoppelt. Laut Bericht gab es zum 31. Dezember 2019 weltweit 29,6 Millionen Menschen, die in ein anderes Land flüchten mussten, dazu zählen 3.6 Mio. Venezolaner, die in die Nachbarländer geflohen sind.

Hinzu kämen 45,7 Mio. Binnenvertriebene. Die Zahl sei deutlich um 4,4 Millionen gestiegen. Auch ist die Zahl der Asylsuchenden auf 4,2 Millionen gewachsen. Das sind 20 % mehr als im Vorjahr.

Deutschland ist laut UNHCR das fünfgrößte Gastland für Flüchtlinge. International leben die meisten in der Türkei mit 3,6 Mio., Kolumbien mit 1,8 Mio. sowie Pakistan und Uganda jeweils mit 1,4 Millionen.

Bill konnte sich gut vorstellen, dass diese Zahlen weiter steigen, nicht nur wegen der Kriege, sondern wegen, mit Sicherheit zu erwartenden, Naturkatastrophen.

Waffenhandel weltweit

Bill kam durch diese Flüchtlingsgeschichte auf die Idee, dass es nun doch auch interessant wäre, welche Länder Waffen produzieren und verkaufen und welche Länder diese Waffen kaufen.

Diese fünf Länder verkaufen die meisten Waffen an andere Länder (Stand 2015-2019)

1.	USA	36.0 %
2.	Russland	21,0 %
3.	Frankreich	7,9 %
4.	Deutschland	5,8 %
5.	China	5,5 %

(Quelle: SIPRI)

Und hier fand Bill auch noch die Aufzeichnung über die Länder, die am meisten Waffen kaufen.

Saudi Arabien	*12,0 %*
Indien	*9,5 %*
Ägypten	*5,1 %*
Australien	*2,4 %*
Algerien	*4,4 %*
China	*4,2 %*
VAE	*3,7 %*
Irak	*3,7 %*
Südkorea	*3,1 %*

(Quelle: SIPRI)

Trotz des im November verhängten Exportstopps zählt Saudi Arabien 2018 immer noch zu den besten Kunden der deutschen Rüstungsindustrie mit Exportgenehmigung von 415 Mio. Euro. Auch für Pakistan wurden 2018 Exportgenehmigungen im dreistelligen Millionenbereich erteilt.

Wäre da nicht ein Ansinnen nötig, dachte Bill, sollte eine Umwelt- und Friedensaffinität in die Zukunft angedacht sein, besser erstmals auf diese Art von Markt, die Tod und Vertreibung der betroffenen Menschen aus der Heimat in Folge haben, zu verzichten?

Ein brennendes Thema war noch offen.

Kohleausstieg

Um die Ziele, des 2015 in Paris beschlossene Klima-schutzvertrages zu erfüllen, die durch Menschen gemach-te Erderwärmung auf deutlich 2 °C zu begrenzen, ist weltweit der Kohleausstieg bis 2030 äußerst notwendig. Mit Stand 2015 hatte die Kohle einen Anteil von 40,7 % im weltweiten Strommix.

Ab 2018, 30 Länder und viele subnationale Regierungen und Unternehmen, sind Mitglieder der Powering Past Corel Alliance geworden, die jeweils eine Erklärung ab-geben, um den Übergang von der unverminderten Kohle-verstromung anzutreiben. Ab 2019, die Länder, die die meiste Kohle verbrauchen, sind jedoch noch nicht beige-treten, und einige weitere Länder bauen und finanzieren immer noch weiterhin neue Kohlekraftwerke.

2019 sagte der UN-Generalsekretär, die Länder sollten ab 2020 aufhören, neue Kohlekraftwerke zu bauen, oder wir erreichen eine „totale Katastrophe".

Bill kann nicht verstehen, warum sich die Länder nicht anschließen wollen, er kann nicht verstehen, warum man nicht einsieht, dass es zu einer Katastrophe kommen wird. Er kann sich aber gut vorstellen, dass es keine Möglich-keit gibt, dies einzudämmen oder gar abzustellen, wenn keine Alternative zur Verfügung steht. Es ist, so glaubt er, sehr spät, um daran zu arbeiten. Nur – es sieht nicht so aus, als würde man fest daran arbeiten.

Möglicherweise breitet sich das Virus weiter aus und gibt den Menschen mehr Zeit, daran zu arbeiten. In diesem Falle wäre dieses Virus gar ein Segen.

Kapitel 7

Wolf 2

Maya saß diese Tage ebenfalls vor ihrem Laptop. Zwischendurch machte sie Pause und ging zu Helmut, mit dem sie sich sehr angefreundet hatte. Bill hatte das Office zuhause verlassen und war wieder voll in der Redaktion tätig, oftmals bis zum späten Abend. Darum war sie sehr froh über die Bekanntschaft mit Helmut.

Sie fühlte sich entspannt in seiner Nähe. So - als sei sie in seine Welt eingetaucht -, fühlte sich geistig 90jährig und konnte sich sehr gut, durch seine Erzählungen, zurückversetzen und in die gewesene Welt einfühlen. Sie wusste, dass es ihr zu Eigen war, mehr in der vergangenen Welt ihr Interesse zu finden als in der zukünftigen Welt, die Angst machte, weil sie nicht wusste, wohin sie einen führte.

Heute hatte Maya mit Helmut ausgemacht, sich die oberen Räume, die er seit Jahren nicht mehr bewohnt hatte, anzusehen. Sie war schon sehr gespannt.

Sie begrüßten sich herzlich:

„Schön, dass du da bist Maya. Ich warte immer sehr auf dich. Ich habe mich an dich gewöhnt, so, dass ich dich richtig vermisse. Wir trinken zuerst Kaffee, bitte. Ich habe dir einen Kuchen gebacken."

„Echt, ja, danke, gerne", Maya drückte Helmut ganz fest an sich und meinte: „ich wusste nicht, dass du backen kannst?"

„Ich kann auch sehr gut kochen!" Maya hatte inzwischen Platz genommen und bewunderte den köstlich anzusehenden Kuchen: „Der sieht ja fantastisch aus!"

Helmut schenkte Maya den Kaffee in die Tasse und schnitt ein Stück Kuchen ab, welches er auf ihren Teller dekorativ platzierte.

Sie lachten und plauderten. Maya fand, dass sie kaum jemanden kannte, mit dem sie sich so gut auf Anhieb verstand, als wie mit Helmut.

Nach einiger Zeit unterbrach Helmut, das Gespräch und bat sie nach oben mit den Worten: „Jetzt schauen wir uns an, was in den oberen Räumen los ist. Ich war schon ewig nicht mehr da und bin etwas unruhig, weil ich nicht weiß, wie es aussieht und vor allem wie es riecht."

„Das werden wir sehen!" Sie folgte Helmut, die Treppen knarzten etwas unheimlich. Der Griff des Geländers war staubig, Maya musste niesen.

„Gesundheit, hast du dich erkältet?".

„Nein, der Staub kitzelte meine Nase!"

Maya war nun am Treppenende angelangt. Es roch muffig. Sie musste schon wieder niesen.

Wortlos reichte Helmut ihr ein Taschentuch, öffnete die erste Tür. Ein großes, helles Zimmer mit Tür zum Balkon, wahrscheinlich das Wohnzimmer. breitete sich vor ihren Augen aus, doch falsch gedacht.

„So, Maya. Das war mal ursprünglich mein Schlafzimmer. Die Möbel habe ich irgendwann verschenkt und wollte es als Büro, oder so was nutzen. Da ich mich nicht entscheiden konnte, blieb es halt leer, außer diesen Schränken, die eingebaut sind."

Helmut schritt zur Fensterfront und öffnete eine Doppeltür, die zu einem sehr großen Balkon führte. Die Bäume wuchsen über das Geländer.

„Sind es Kirschbäume?"

„Ja, das sind Kirchbäume. Die blühen so Ende April, Anfang Mai wundervoll. Eine weiße Pracht. Später kommen dann die Kirschen und damit sehr viele Vögel. Die zwitschernd freudig und tummeln sich in den Bäumen und schlafen auch dort. Sehr niedlich anzuschauen. Ich saß oft stundenlang und schaute und hörte ihnen zu!"

„Das stelle ich mir wundervoll vor".

Helmut ließ die Balkontür offen und begleitete Maya aus diesem Zimmer und betrat den nächsten Raum. Maya staunte. Ein riesengroßes, sehr helles Bad. Mit großer Badewanne, Dusche und kleiner Sauna.

„Das sieht super aus!" Maya klatschte in die Hände.

„Und es riecht nicht staubig und muffig?"

„Meine Nachbarin, die aber letztes Jahr leider verstorben ist, hat da so ab und zu sauber gemacht und gelüftet. Ich selbst habe seit Jahren nicht nachgeschaut."

Sie verließen das schöne Bad und gingen die Treppe rauf, in das Dachgeschoß. Ein sehr großer, nicht allzu niedriger Raum mit einem großen Atelierfenster, Regale mit immens vielen Malfarben, Pinseln, Regalen mit Büchern. zusätzlich einige Staffeleien, mit unfertigen Bildern und vielen, anscheinend fertigen Bilder in der Ecke. Das meiste war mit Planen zugedeckt und es war sehr staubig, Spinnen hatten es sich gemütlich gemacht und emsig Netze gebaut. An manchen Stellen musste man sich tief bücken, oder die Netze entfernen.

Maya begutachtete schweigend die Bilder in diesem etwas dunklen Raum.

Helmut betätigte den Lichtschalter: „Es ist etwas dunkel hier, da die Fenster so arg verschmutzt sind, sodass sie kaum einen Sonnenstrahl hereinlassen. Helmut schnäuzte sich nun auch und meinte: „Hier war ich sicher zehn Jahre nicht mehr und meine Nachbarin auch nicht."

„Wer hat denn die Bilder gemalt?"

„Ja, ich!"

Maya warf ihm einen bewundernden Blick zu: „Das sind ja fantastische Bilder!", sie nahm eines aus dem angelehnten Stapel heraus und hielt es ins Licht.

Sie sah ein Bild mit hellblauem Hintergrund, leicht angestrahlt in einer hellgelben Farbe wuchs ein anfangs dunkles Gewirr an Ästen, diese tauchten in die Helligkeit des Blaus, das helle Gelb verteilte sich auf Blätter und Äste. Zwischendurch bemerkte man das dunkelrot der Kirschen und Vögel schwirrten auf der Oberfläche des Bildes.

„Das ist der Kirschbaum, von dem du mir erzählt hast?!"

„Ja. Genau."

„Wundervoll, genauso habe ich es mir vorgestellt, als du die Vögel beobachtet hast. Warum hast du aufgehört zu malen?"

„Ich habe zittern angefangen und der Weg nach oben wurde mir beschwerlich und ich hatte keine Lust mehr mit Farben zu hantieren. Ich habe dann unten im Wohnzimmer mit Tusche gezeichnet."

Langsam gingen sie über die knarzende Treppe nach unten, betraten die Küche und setzten sich auf die gemütliche Eckbank. Helmut legte Maya ein Stück Kuchen auf den Teller und schenkte Kaffee nach.

Sehr nachdenklich aßen sie, bis Helmut das Schweigen brach:

„Sag, Maya, möchtest du und Bill nicht zu mir ziehen. Ihr könntet oben die Räumlichkeiten für euch umbauen, wie ihr wollt, den Garten ebenfalls. Ich wäre sehr froh und würde mich freuen."

„Ich muss das mit Bill besprechen!", sehr nachdenklich sagte sie und sah ihn dabei dringlich an: „Nur wenn du mir erlaubst, im Garten ein Atelier zu bauen und du mir lernst zu malen."

„Darüber können wir reden!"

 Nach einiger Zeit verließ sie Helmut. Er begleitete sie zur Gartentür und winkte ihr nach bis er sie nicht mehr sehen konnte.

Maya dachte sich, das ist ja unglaublich. So ein Angebot, ob sie das annehmen soll? Ob Bill damit einverstanden ist?

Langsam ging sie die Treppe hoch. Sie war sich unsicher, würde Bill jemals dieses Angebot annehmen? - Bald wird sie es wissen -!

Sie sperrte die Tür auf.

„Bill, Bill!", rief sie laut: "kommst du, ich muss dir was erzählen!"

„Ich komme, ich muss dir auch was erzählen", rief er aus dem Büro.

Mit langsamen Schritten kam er ihr entgegen, sein Laptop unterm Arm und sah sie an: „Was ist?"

„Komm setzt dich!"

Sie setzten sich auf das Sofa und Maya begann, Bill die Geschichte zu erzählen. Bill hörte schweigend und aufmerksam zu. Als Maya fertig war, meinte er: „Und was will er dafür haben?"

Verwirrt sah Maya ihn an: „Was, was er will? Was meinst du?"

„Ja, Geld meine ich, er wird es dir ja nicht umsonst angeboten haben!"

„Doch Helmut schon. Er freut sich, wenn er nicht mehr allein ist, glaube ich."

„Du bist immer so gutgläubig und unglaublich naiv!"

„Ist man naiv, wenn man an das Gute im Leben glaubt?"

„Ja!", er warf bei diesem Wort einen kurzen Blick auf sie.

„Wollen wir mal zu Helmut gehen und du siehst dir das alles an und dann könnt ihr unter vier Männeraugen die finanzielle Seite bereden. Mir ist das nicht wichtig. Ich würde sogar etwas dafür bezahlen!"

„Du bezahlen? Du hast Geld?"

„Ja, ich habe immer gespart und mir einige Rücklagen geschaffen!"

„Ach so, davon hast du mir ja nie etwas erzählt."

„Du hast auch nicht gefragt!"

„Das stimmt!", Bill klopfte mit der Hand auf den Platz neben sich und deutete an, dass Maya sich neben ihm setzen soll, was sie auch tat. Er öffnete seinen Laptop und dabei erzählte er über seine Recherchen, zeigte Fakten und die dazugehörigen Zahlen. Maya reagierte kaum und wurde traurig.

Maya sah plötzlich Bill mit anderen Augen. Seine Welt bestand aus Zahlen, Fakten, Gewinnen, Machtpositionen, Durchsetzung und so. Wertigkeiten, welche Maya fremd waren und auf einmal schien ihr Bill fremd.

Wie vertraut ihr hingegen in so kurzer Zeit Helmut war. Wie viel gemeinsame Interessen sie hatten. wie sehr sie sich verstanden fühlte. Wie wenig Bill auf sie eingehen konnte, wie sehr Bill von sich begeistert war.

Bill sah sie an: „Du sagst nichts mehr. Interessiert dich meine Recherche nicht mehr?"

„Doch!",   sie schwieg etwas, dachte über die Antwort nach und sagte: „mir fällt auf, dass du die Welt wie durch ein Sieb betrachtest, die verschwundene köstliche Flüssigkeit nicht bemerkst und in den Ausguss laufen lässt, während der bittere Rest wie Tod, Mord, Waffen, Geld, Schulden, Streit, deine ganze Aufmerksamkeit erhält !"

Bill ergriff die Hände von Maya: „Das ist doch die Wahrheit, so sind die Menschen, das darf man nicht verdrängen, daran muss man immer wieder erinnert werden!"

Maya entzog ihre Hände und wollte sagen; – nein, das bist du, du suchst das Schlechte und das Gute – verdrängst du. Solange es Medien gibt, die in ihrer Nachrichtenwelt auf stark negative Ereignisse konzentriert sind, und somit Menschen wie Bill, stark und intensiv negativ beeinflussen können, wird das leise Gute es schwer haben, sich durchzusetzen, obwohl im Endeffekt das Gute immer siegt und das Schlechte weiterhin nur nach dem Verderben strebt.

Sie stand auf: „Es ist gut Bill. Ich bin heute nicht allzu gut drauf und deshalb auch nicht in der Lage mich auf so ernste Themen einzulassen. Verzeih, ich hatte eher gehofft, dass du dich über das gute Angebot von Helmut freust!", sie stand auf, gab ihm einen Kuss und verzog sich auf die Couch.

Sie träumte vor sich hin, bekam etwas Angst durch diese negativen Nachrichten von Bill, die sogar das gute Angebot von Helmut mit dunklen Wolken überschattete. Sie stand auf und holte das Laptop um nach den guten Themen, die die Medien kaum berichteten, zu suchen.

Sie öffnete es und recherchierte ziemlich lange in allen Medienkanäle. Lag es nun an ihr oder was war los. Wirklich nur negative Meldungen, meist über Corona, nach dem Motto:

Only bad news are good news.

Anscheinend lassen sich negative News besser verkaufen.

Ja, dann ist es nicht verwunderlich, wenn die meisten Menschen diese Nachrichten interessanter finden, auch die Gesprächsgrundlagen nur negativ sein kann und zwangsweise zu einem gemeinsamen Jammern auf hohem Niveau enden. Da fühlte sich Maya nicht zugehörig.

Man sollte nicht die Augen verschließen und das Schlechte vergessen, sondern Gutes und Böses miteinander auf eine Waage legen und dann erst entscheiden.

Wir sind doch die Summe unserer Erfahrungen und dessen was wir konsumieren, hören und lesen.

Negatives scharrt Menschen in einer Art Blase um sich, in der sie vor Überfluss vergessen, dass sie nur kurzfristig als Gast auf dieser Erde verweilen und es keinen Sinn macht, sich mit unnötigen, irdischen Dingen zu belasten.

Positive Gedanken hingegen, berühren Menschen inspirieren und motivieren.

Eine alte Indianergeschichte fällt Maya da ein.

Ein alter Indianer erzählt seinem Enkel, dass in jedem Menschen zwei Mächte wohnen: eine davon ist der Wolf der Dunkelheit, des Neides, der Verzweiflung, der Angst, des Misstrauens. Der andere ist der Wolf des Lichts, der Lust, der Liebe und der Lebensfreude.

Der Enkel fragt: - und welcher der beiden wird gewinnen?

Der alte Indianer antwortet:

Den, den du fütterst!

(Fördermitglied werden bei: nur positive-nachrichten.de)

Maya musste einige Zeit nachdenken:

Sie wusste von sich, dass sie auf alle Fälle letzteren Wolf füttern würde. Helmut schätzte sie auch so ein. Es war auf alle Fälle sehr schwierig, einen Menschen so zu beurteilen, ob sie ihn füttern würde. Sie nahm sich vor, auf diese Perspektive in Zukunft zu achten.

Hmmh - Bill? Sie kannte ihn nicht so lange und hatte ihn aus dieser Perspektive noch nicht betrachtet! Doch sie kannte Helmut weniger lange. Ihre guten Gedanken bezüglich Bill, kamen arg ins Schwanken.

So richtig aufgefallen ist es ihr erst bei dieser Recherche. Nach was er da recherchierte. Sicher war es wichtig, um etwas einschätzen zu können. Doch, es geschah etwas Undefinierbares zwischen Ihnen. Es fühlte sich an wie ein Spalt. War er Wolf 1? - Sie wollte keinesfalls den anderen Wolf kennenlernen und vor allem nicht füttern.

Sie wandte sich wieder ihrem Laptop zu, um weiter nach dem Guten zu suchen, und ja auch auf die stillen und wenig spektakuläre Seite der Menschen.

****

Gute Nachrichten

Auswirkung –Corona-Pandemie auf den Klimaschutz.

In den vergangenen zehn Jahren stiegen die Emissionen trotz der vereinbarten und dringlich notwenigen Klimaziele jährlich um ca. ein Prozent, also um rund 317 Megatonnen pro Jahr. Die kanadische Klimawirtschaftlerin Corinne Le Quéré schätzt, dass die Maßnahmen zum Schutz vor dem Coronavirus zwar den Anstieg der Emissionen verlangsamen. Damit sie aber sinken sei eine massive Reduktion nötig. „Das ist plausibel, aber sie glaubt nicht, dass wir das zum jetzigen Zeitpunkt schaffen könnten", schreibt die britische Zeitung Guardian.

Maya legt ihre Hand an das Kinn und denkt nach. Sie möchte den Spruch glauben, wenn die Menschheit es geschafft hat die Erde derart zu erwärmen, dann glaubt sie auch daran, dass sie es schaffen werden – MÜSSEN – sie wieder zu entwärmen.

Der Blick nach China, wo die Pandemie ihren Anfang nahm, zeigt hingegen keine Maßnahmen bezüglich der Eindämmung der Treibhausgasemissionen. Erst die Pandemie könnte Einsparungen von satten 200 Megatonnen CO_2 gesorgt haben, schätzt der Pekinger Thintank Crea. Demnach sank die Schadstoffbelastung durch Flüge um 37 Prozent, die Produktion von Ölraffinerien nahm um 34 Prozent ab, der Kohleverbrauch von Kraftwerken brach um 36 Prozent ein. Fraglich ist, ob dieser Effekt nachhaltig genug ist, da die chinesische Regierung die Wirtschaft ankurbeln wird, um den Verlust der Krise wieder wett zu machen.

Maya dachte für sich wieder nach; Die beiden Wölfe; welchen wird die Menschheit füttern?

Der Verlust der Wirtschaftlichkeit oder der Verlust über ein vernünftiges Leben auf der Erde? Was wird gewählt?

Welche Menschengattung wird sich für den 1. Wolf entscheiden?

****

Bisher haben die Entscheider (Wolf 1) trotz ihrer Versprechen von 2015 noch keine Maßnahmen ergriffen, das muss sich jetzt ändern, unabhängig davon, ob die COP26 im November zusammentrifft oder nicht!

(Quelle Greenpeace Magazin)

****

Wie die Mayas prophezeien: die Menschen sind nicht mehr in der Lage sich selbst aus diesem Dilemma zu befreien. Maya glaubt wie immer an Wolf 2 und seine Anhänger, die dafür sorgen, dass unsere schöne Erde bestehen bleiben kann.

****

Auf die Ergebnisse will der Mensch oft nicht warten. Aktuell finden sich immer wieder Stimmen im Internet, die das Virus als Strafe dafür ansehen, wie schlecht wir unser Ökosystem und die Natur behandeln. Mutter Natur habe uns das Virus zugeworfen, um uns auf das Schlimmste vorzubereiten – nämlich:

auf die Extremereignisse des Klimawandels
(Quelle: Zeit online)

****

Gutes geschieht

Äthiopier pflanzen 350 Millionen Bäume

Gemeinsam mit 20 anderen Afrikanischen Staaten hat sich Äthiopien zum Ziel gesetzt, eine Million Quadratkilometer aufforsten, (– ein Gebiet von der dreifachen Größe Deutschlands).

Die montägliche Aktion war Teil der Green Legacy (grünes Vermächtnis) genannten Regierungsprogramm, in dessen Rahmen bis Oktober sogar vier Milliarden Bäume gesetzt werden sollen. Insgesamt will die Regierung von Premierminister Abiy bis Ende nächsten Jahres 150.000 Quadratkilometern neu bewalden.

(Quelle: Klimareporter)

Bäume haben großes CO_2 Potential

Wissenschaftler der Eidgenössischen Technischen Hochschule (ETH) in Zürich gaben kürzlich das Ergebnis einer

Satellitengestützten Studie bekannt, wonach eine Gesamt-fläche von neun Millionen Quadratkilometer ungenutzt sind, auf denen aber Bäume wachsen könnten. Würden dort tatsächlich Bäume gepflanzt, könnten sie ein Drittel des Kohlendioxids aufnehmen, das die Menschen seit der industriellen Revolution in die Atmosphäre geblasen hat.

****

Alternativer Nobelpreis

Zum 39. Mal wird er in diesem Jahr verliehen: der Right-Livelihood- Award, auch „Alternativer Nobelpreis", genannt, mit dem seit 1980 Kämpferinnen für Menschen-rechte, Umweltschutz und Frieden geehrt werden.

In diesem Jahr hoffe man die Aufmerksamkeit der Welt auf die „bahnbrechende Arbeit der Preisträger für Rechts-staatlichkeit, Demokratie und die Wiederherstellung von degradierten Böden" lenken zu können, erklärte Ole von Uexküll, der Geschäftsführer der Right - Livelihood-Award-Stiftung in Stockholm. Was diese Menschen tun, gebe „enorme Hoffnung", denn sie „zeigen in einer Zeit alarmierender Umweltzerstörung und fehlender politi-scher Führung den Weg in eine ganz andere Zukunft.

Maya freut sich, findet sie doch viele 2. Wölfe.

Es gibt im Ansatz sehr viele Möglichkeiten und daran wird auch gearbeitet und dann ist es doch möglich, dass die Menschheit es auch kann die Erwärmung einzudäm-men, das machte Maya ruhig.

Sie würde sich nur wünschen, dass über positive Einsätze und Arbeiten dieser Leute aktuell und stetig mehr in unseren Medien berichtet werden würde, in der Hoffnung, positive Gesprächsgrundlagen zum Thema Corona Virus zu finden.

****

Plastikmüllentsorgung

Es gibt einige Projekte, die erfolgreich Plastikmüll aus den Meeren entsorgen.

Maya notiert sich einige, die sie sinnvoll findet und möchte sich in diese Richtung engagieren.

4ocean - organisiert regelmäßig Plastikmüll Aufräumaktionen an den Stränden dieser Welt, sogenannte Beach Clean Ups. Aus dem gesammelten und recycelten Plastikmüll wird dann ein Armband hergestellt, das zur Finanzierung des Projekts gilt. Für jedes gekaufte Armband wird ein Pfund Plastikhülle aus dem Meer entfernt. Es kostet 20,-- US Dollar und gibt es in verschiedenen Farben und Ausführungen. (*www.4ocean.com*)

Die Seekuh - ist ein großartiges Projekt gegen Plastikhülle im Meer. Mehr dazu (www.cleanenergy-project.de)

Plasticschool - Alles was an Bächen. Flüssen und Strömen landet, kann in die Meere und Ozeane gelangen. Zusätzlich gibt es die Plastikpiraten. Hier wird bereits in den Schulklassen thematisiert. Mehr unter (*www.plasticscholl.de*)

The plastic bank   -   stärkt die regenerative Gesellschaft und verwandelt Kunststoff in Gold, indem sie die weltweiten Recyclingssysteme revolutieren, um eine regenative, intergrative und kreislaufwirtschaftliche Kunststoffwirtschaft zu erschaffen. (*www.plastikbank.com*)

Weitere Projekte: www.seabinprojekt.com

                www. preciousplastic.com

Bill Gates des 21 Jahrhunderts

Der Philanthrop mit dem Anspruch, die großen Probleme der Welt ein Stück weit zu lösen, Weiß nicht nur, dass er sich dafür der Öffentlichkeit stellen muss. Und zwar mehr, als noch zu Zeiten als Microsoft Frontmann. Es scheint, dass er die Öffentlichkeit fast schon zu genießen beginnt.

- So ist es Tatsache, dass ein Wesen in seiner Art sich zeitnah und nach den Umständen richtend, jederzeit verändern kann, zum Wohl oder auch Verderb der Menschheit -.

Er machte die Menschen aufmerksam, dass es „Milliarden Menschen an Zugang des Trinkwassers, an bezahlbaren Medikamenten, sowie an einem Dach über dem Kopf, fehlt – das werden die Aufgaben für die nächste Dekade sein und darauf müssen wir in Zukunft viel mehr unsere Aufmerksamkeit richten."

Was die Vereinten Nationen anfangs der Nullerjahre als – „Millenniums-Entwicklungsziele"- definierten.

Er spricht davon, wie sich die Technologie nutzen lassen müsse, um dieses globale Problem zu bekämpfen.

Heute ist William Henry Gates III Co-Vorsitzender der Bill- und –Melinda-Gates-Stiftung und selbsterklärter Weltverbesserer

(www.wiwo.de /Thomas Kuhn 18. Juli 2020)

Maya runzelte bedenklich die Stirn, „Sie las aber auch, dass es viele Verschwörer gab und ihm einige schlechte Dinge unterstellt werden. Warum wohl?

Ganz kurz dachte sie an Jesus, um den sich die Verschwörer so stark vermehrten und letztendlich seinen körperlichen Tod forderten, hier scheint es sich auch um Mord, um Rufmord, zu handeln.

Das Böse kann sich nur ausbreiten, weil das Gute zu leise daneben steht und sich kaum, wehrt.

Nun hatte sie wieder genug von diesen vielen Informationen. Sie fühlte sich aber gut und spürte Zuversicht und Hoffnung. In diesem Moment klingelte das Handy. Bill sucht ein Gespräch mit ihr. Seit einiger Zeit war er wieder sehr busy und voll beschäftigt.

„Na, Maya, was machst du so den ganzen Tag?"

„Ich war in der Stadt und habe mich umgesehen, was sich so alles verändert hat. Es ist fast so wie früher, dennoch etwas anders. Dann habe ich mich am Odeonsplatz auf einen Cappuccino hingesetzt und eine sehr nette, ältere Dame aus Salzburg kennengelernt. Seit einiger Zeit bin ich zuhause und recherchiere wieder in unserer Corona-Sache."

„Echt, ich dachte du hast keine Lust mehr?"

„Wie kommst du darauf. Ich habe nur keine Lust, ständig nur Negatives zu hören. Ich hatte mal Lust auf Positives."

„Und - ... hattest du Erfolg?"

„Ja!"

„Gut, dann bin ich ja gespannt!"

„Wann kommst du nach Hause?"

„Es wird dauern, mein Schatz. Wir arbeiten hier hart daran, das Arbeitsvolumen in unserem Verlag digital umzuwandeln und zu vernetzen. Es wird spät werden, warte nicht auf mich!"

„Alles gut. Wann braucht ihr mich mal wieder?"

„Momentan wird sich mit einer Zusammenarbeit zwischen dir und dem Verlag keine Möglichkeit ergeben.

 Wir arbeiten zu fünft daran, gewisse Algorithmen zu erarbeiten, welche in der Zukunft mehr oder weniger für uns arbeiten!"

„Interessant, dann weiß ich ja nun Bescheid und kann mich auch umsehen nach einer anderen Tätigkeit?

„Keine schlechte Idee. Bis dann!"

Sein Gesicht verschwand auf dem Display. Maya legte es weg und ging nachdenklich in die Küche, um sich einen Drink zu machen.

Das wird wohl so bleiben: Bill bei der Arbeit und Maya ohne Arbeit. Eigenartige Veränderung. Sie spürte immer mehr, wie fremd er ihr wurde.

Wie schön war die Nähe am Anfang von Corona und nun spazieren beide getrennte Wege. Ist es der Anfang einer getrennten Zukunft, dachte sich Maya. Ja, es fühlte sich so an.

Sie zog ihre Turnschuhe an und machte sich auf den Weg um Helmut zu besuchen. Sie freute sich schon darauf und freute sich noch mehr, dass sie selbständig mit eigenem Schlüssel das Tor aufsperren konnte und schritt auf das Haus zu. Helmut öffnete die Haustür und kam ihr freudig entgegen. Es schien so, als hätte er auch sie gewartet.

„Hallo Maya, schön dass du da bist!"

Er nahm sie in die Arme und führte ums Haus in den Garten. Dort hatte er einen Tisch gedeckt, mit einem Blumenstrauß geschmückt und zwei Tellerchen und zwei Tassen.

„Hast du auf mich gewartet?"

„Ja", meinte er und Maya schien es, ob eine leichte Röte sein Gesicht überzog.

„Hätte ich das gewusst, wäre ich früher gekommen. Ich saß wieder über die Recherche und da kann ich dann fast nicht mehr aufhören, weil es mich so neugierig macht."

„Ja, das glaube ich dir. Ich war auch immer neugierig und dadurch habe ich in der Bank so einige Veränderungen vorgenommen."

„Welche denn?"

Helmut schlurfte ins Haus: „Moment, ich hole Kaffee und Kuchen, Erdbeerkuchen!"

Maya ging ihm nach und sie trugen gemeinsam den köstlichen Kuchen und Kaffee in den Garten.

Genüsslich aßen und tranken sie und beide waren in Gedanken versunken.

„Der Kuchen ist so lecker, aber nun kann ich nicht mehr", Maya räumte die Teller auf die Seite. Helmut schenkte nochmals Kaffee nach und holte sich eine Zigarre: „Stört es dich?"

„Nein überhaupt nicht, mach es dir gemütlich, aber dann erzähle. Du weißt, wie neugierig ich bin."

Helmut zog mehrfach an der Zigarre, bis sie so richtig glühte. Sah sie nochmals prüfend an, nahm einen Schluck Kaffee und dann fing er an zu erzählen.

„Also, ich war ja nun nicht gerade mit Geldscheinen überhäuft als ich auf die Welt kam. Mitten im Krieg gab es nichts. Später erst recht nichts mehr. Mein Vater meinte, ich solle in der ortsansässigen Bank eine Ausbildung machen. Das tat ich nun auch und war ganz zufrieden. Ich war ein Einzelkind und gut von meinen Eltern umsorgt. Mein Vater meinte zu mir, ich hätte einen „Hirnkrampf" wenn ich absurde Gedanken und ausgefallene Schuhe für damals viel Geld, mir fertigen ließ. Ebenfalls Anzüge. Ich wollte nicht die Schuhe, „Jedermann hießen die, tragen, die eben auch jedermann trug, in schwarz und grau. Ich wollte immer etwas Besonderes mir leisten wollen, lieber nur ein Stück, aber schön. So war ich. Ich rauchte auch keine Zigaretten nur Zigarren, von Anfang an und trank auch die besten Weine." Nachdenklich paffte er wieder an seiner Zigarre.

„Weiter!", befahl Maya.

„Ich hatte dann ausgelernt und mein Chef übergab mir ein Schreiben von einer kleinen, aber sehr renommierten Bank in München. Dort sollte ich mich bewerben, was ich auch tat und auch eingestellt wurde. Meine Eltern waren sehr traurig als ich ging. Die ersten Jahre waren interessant und trafen auf meine Neugier und meinem Hang zum Besonderen. Ich hatte ein kleines WG-Zimmer in Schwabing und ging zu Fuß bis zum Odeonsplatz in die Arbeit, hin und zurück, bei jedem Wetter, um mir die Straßenbahnkarte zu sparen."

„Und dabei trugst du deine teuren Schuhe?"

„Oh, nein!", er wackelte mit dem Kopf und sah mich erstaunt an, „die hatte ich in einem Rucksack und zog sie erst an als ich in der Bank war.

„Ja, und dann?"

„Ich wurde Assistent von einem Bankdirektor. Das traf sich sehr gut. Er trank gerne und hatte die Getränke in einem Schrank, welcher auch das Waschbecken verbarg, deponiert. Eines Tages habe ich ihn dabei gestört. Er sah mich erschreckt an und fragte mich, ob ich einen mit ihm trinken möchte. Ich bejahte und er schenkte mir einen edlen Cognac ein. Somit zitierte er mich als Saufkumpane öfters in sein Büro, um mit mir einiges zu besprechen. Diese Art „Freundschaft" war beruflich sehr förderlich für mich. Damals wurden die Buchungen der Bank noch von einem Lochkartensystem vorgenommen. Dies war sehr umständlich. Mein Chef verschaffte mir Kontakt zur

IBM und meinte; ich sei doch ein schlaues Bürschlein und ich soll man eruieren was es sich mit diesen Computern auf sich hat. Bei der IBM wurde mir gezeigt, was diese Großrechner so alles können. Die zuvor auf Lochkartensysteme und deren Auswertung spezialisierte IBM stellte Großrechner zur Verfügung. Natürlich war das noch kein ausgeklügeltes System. Wir arbeiteten Tag und Nacht mit IBM zusammen, bis es uns gelang, die Abrechnungen vollends durch Großrechner abzuwickeln. Das war ein unglaublicher Erfolg. Ich verdiente auf einmal wesentlich mehr und war ständig auf Geschäftsreisen mit der IBM. Das war eine gute Zeit." Er sog wieder an seine Zigarre und schmunzelte so vor sich hin und man merkte, dass er an eine schöne Zeit dachte.

„Das kann ich mir gut vorstellen. Da hast du aber viel Glück gehabt."

„Das stimmt, nur kein Glück in der Liebe!"

„Man kann ja nicht alles haben. Ich glaube, ich habe auch kein Glück in der Liebe!", stöhnte Maya leise vor sich hin.

Helmut schaute sie fragend an: „Liebeskummer?"

„Nicht so direkt. Bill wird mir so fremd. Ich merke, wie wir uns entfernen. Wir waren uns so nah und nun ist alles anders. Seit wir recherchiert haben und er nur negative Aspekte fand, fing das innen bei mir an, Missfallen zu spüren. Das war seine andere Art, das Leben wahrzunehmen, nicht meine Art. Er ging nicht ein auf das, was ich wahrnehme und spüre, er war vollends in seine Ansicht vernarrt und versuchte mich zu überzeugen und irgendetwas rebellierte ihn mir und irgendwann wollte ich nicht mehr zuhören und irgendwann fing ich an, meine Ideen weiterzuverfolgen und irgendwann verlor ich ihn, glaube ich."

„Hab halt noch ein wenig Geduld, gib ihm Zeit."

„Mach ich doch!"

„Hast du ihn gefragt, wegen des Vorhabens, bei mir einzuziehen?"

„Ja, aber er hat es lapidar abgewandt. Er wollt wissen, was du verlangst dafür?"

Verwundert sah mich Helmut an: „Wie kommt er denn auf diese Idee. Ich habe Geld genug. Ich brauche kein Zusätzliches. Und wenn ich euch das angeboten hatte, war es ein Herzenswunsch von mir!"

„Ich weiß Helmut, ich dachte auch nicht an Geld und genau solche Punkte verwundern mich an Bill. So kannte ich ihn nicht. Das entfremdet mich."

„Warte erstmals ab. Es ist eine Option, besonders an dich gewandt!"

Maya nahm seine Hand und streichelte ihn. „Es ist schön zu wissen, dass du mir einen Rückhalt in meinem Leben bietest."

„Das ist dir gewiss!"

Maya schwenkte ab. „Ich habe eine sehr nette Frau kennengelernt als ich einen Cappuccino trank am Odeonsplatz. Eine ältere Dame aus Salzburg. Sie erzählte mir, dass sie dabei sei, eine Stiftung zu gründen und in dieser Stiftung als Ziel setzen will, verwaisten Flüchtlingskindern ein Zuhause zu geben. Sie meinte, dass man bei den

Kindern anfangen solle, wenn man Frieden auf dieser Welt schaffen möchte. Und sie glaubt, dass es viele willige Familien gibt, die gerne ein verwaistes Kind adoptieren oder aufnehmen wollen, dass jedoch die behördlichen Entscheidungen zu langwierig sind. Teils auch mit Recht. Sie meinte, es gäbe auch kein Angebot, dass man den Familien unterbreiten kann und sie ist dabei, dies alles zu erarbeiten."

„Das hört sich gut an!"

„Ich denke immer daran. Bill hat mir heute gesagt, dass meine Arbeit im Verlag über kurz oder lang gekündigt wird!"

„Dann würde es ja gut passen. Es gibt immer wieder im Leben eine Zeit, in welcher man Menschen durch Zufall begegnet. Das scheint mir ein Zufall zu sein, wie es auch bei mir mit dem Cognac war. Bleib dran!"

„Eigenartig, es fühlt sich gut an!"

„Dann ist ja alles gut!"

Maya stand auf und half Helmut die Teller und die Kanne in die Küche zu tragen. Sie stellte sie auf die Anrichte und wollte anfangen, das Geschirr abzuwaschen, Helmut gebot Einhalt.

„Lass das, Maya. Gleich kommt die Pflegerin. Sie ist lieb und fürsorglich. Sie würde mich schimpfen, wenn ich irgendwas wegräume."

So vergingen die Tage, ohne dass einer dem anderen glich. Maya freute sich immer noch über den blauen Himmel und darüber das kaum Flugzeuge über den Himmel kreiste. Sie hatte sich, wie alle anderen an die Maskenpflicht und den jeweiligen, ständig freizügigeren Einschränkungen gewohnt. Beim Einkauf fragte sie sich immer mehr, wozu diese Fülle sei. Ein Diskounter nach dem anderen, gefüllt mit Massen an Waren, vollgestopft und kaum Leute. Wahrscheinlich landete ein Großteil der Ware in Containern. Wenn sich aber Menschen an dieser Ware bedienten, wurden sie wegen Diebstahl angezeigt. Also, werden diese überflüssigen Lebensmittel lieber entsorgt. Es musste alles seine europäische Ordnung haben.

Man konnte auch in Urlaub fliegen, soviel sie weiß, in den europäischen Ländern. Sie hörte auch, dass manche Urlauber zurückkamen und nicht allzu angetan waren, andere hatten es wieder anders erlebt. Soviel sie darüber las, war die ansonsten riesengroße Urlaubsreisewelle eingebrochen, zum Schaden der Reisebüros und der Fluglinien.

Es wird sehr viel wieder im eigenen Land, in den europäischen Ländern, Urlaub gemacht unter Einhaltung der Hygienevorschriften.

Alles in allem kann man gut leben, so wie es ist, zumal hier in München. Maya wollt mit Bill reden, ob er nicht mit ihr ein wenig verreisen wollte. Sie wollte schauen, wie es in anderen Ländern war.

Bill war sehr wenig zu Hause. Er kam spät nachts und selbst zum gemeinsamen Frühstück hatte er keine Zeit.

Maya nahm sich vor, ihn in der Früh nicht aus dem Haus zu lassen, bevor er sich geäußert hatte, wie das nun mit ihnen beiden weiter gehen sollte.

Er kam aus dem Bad und wollte, wie immer, sich in der Küche einen Kaffee schnappen und dann gehen.

Maya stellte sich ihm in den Weg. Sie hatte vorab die Tür abgeschlossen, damit er nicht verschwinden konnte. Sie drängte sich vor ihm zur Wohnungstür. Er hatte den Türgriff schon in der Hand und drängte Maya auf die Seite.

„Bitte, Bill. Nimm dir 10 Minuten Zeit, um mir zu sagen, was los ist. Ich kann so nicht mehr weiter machen!", sie weinte bei diesen Worten.

„Lass mich in Ruhe. Ich habe keine Geduld für deine Flennerei. Ich habe dir gesagt, was wir machen, das Projekt sehr zeitaufwändig und du hast dafür kein Verständnis, das habe ich auch bemerkt und ich lasse mich von niemanden aufhalten, auch nicht von dir!"

Bill schob sie auf die Seite, nahm seinen Schlüsselbund, sperrte die Tür auf, die mit einem lauten Knall zuschlug und eine fassungslose, bitterlich weinende, Maya zurückließ.

Einige Zeit verbrachte sie, auf dem Boden an der Tür kauernd und lauthals heulend.

Da läutete das Handy. Sie stand auf, um das Handy zu holen, da sie dachte und hoffte, dass sich Bill meldet, um sich zu entschuldigen.

Sie schaute auf das Display. Es war Greta aus Salzburg.

„Hallo Greta", schluchzte Maya in das Handy.

"Was ist denn los?", fragte Greta.

„Ich habe Streit mit meinem Freund. Ich glaube, er verlässt mich." Maya schluchzte wieder. „Darf ich dich besuchen kommen?"

„Ich bin nicht allzu gut gelaunt. Wenn es dich nicht stört gerne."

„Dann fahre ich mit dem Taxi zu dir. Ich bin etwa in einer viertel Stunde bei dir. Ich bin wieder in München und wollte dich gerne sprechen. Dann passt es ja. Ich komme gleich."

„Ok!", seufzte Maya vor sich hin. Sie ging dann ins Bad und wusch sich ihr Gesicht und kämmte die Haare und zog das gelbe Sommerkleid an.

Ein kurzer Blick in den Spiegel sagte ihr, dass sie nun schon um einiges adretter aussah. Hatte sie sich vielleicht auch etwas gehen lassen, in dieser Corona Zeit. Ja, es stimmte, sie hatte zugenommen. Ständig war sie am Essen und sportlich unternahm sie kaum noch etwas. Das ewige Zuhause sein, tat ihr nicht gut. Sie pflegte sich auch nicht mehr wie früher. Sie musste wieder am Leben teilnehmen, auch wenn es ihr schwerfällt.

Es läutete an der Tür, Maya öffnete und ging auf Greta zu, welche ihr freudig entgegenkam.

Greta nahm Maya spontan in die Arme und drückte sie, was zur Folge hatte, dass Maya ihre Fassung wieder verlor und zu schluchzen anfing.

Greta streichelte ihre Haare und ihren Rücken. Maya führte Greta zur Lounge. Dort stand das Frühstück, welches sie eigentlich für Bill hergerichtet hatte, in der Hoffnung, dass er gemütlich beim Frühstück nette Worte für sie fand. Dem war nicht so und sie fing wieder an zu weinen.

Sie setzten sich an den Frühstückstisch und Maya servierte, mit einem ab und zu Schluchzen den Kaffee und holte die Croissants aus der Backröhre.

Es dauerte eine Weile, bis sich Maya erholt hatte. Greta aß schweigend. Nach einiger Zeit fing sie erklärend an zu reden.

„Seit dieser Corona Krise ist meine Beziehung mit meinem Freund nicht mehr so wie sie mal war. Wir hatten uns so gut verstanden und sind gleich zusammengezogen. Als wir noch gemeinsam arbeiteten, war er sehr schön und auch am Anfang dieser Pandemie auch noch. Uns war langweilig und wir fingen an zu recherchieren bezüglich Corona. Vorerst war es sehr interessant. Ich recherchierte mehr über den Maya Kalender und Bill recherchierte Zahlen in jeder Art und Weise.

Ich konnte das nicht verstehen und war sehr erschreckt über diese Zahlen und sie machten mir Angst. Bill lächelte darüber, und schloss mich in der Folge von seinen Recherchen aus.

Er fing an einem Projekt zu arbeiten, von dem ich anscheinend wieder nichts verstand, weil er mir fast nichts darüber erzählte. Er wurde mir immer fremder und ich fühlte mich allein, hier im Home Office, ohne Arbeit.

Er erklärte mir auch, dass ich nicht mehr gebraucht werde im Verlag und es wäre besser, wenn ich mich um etwas anderes umschauen würde. Heute in der Früh habe ich ihn aufgehalten, weil ich wissen wollte, was Sache ist. Es ist mir nicht gelungen. Er hat mich auf die Seite gescho-

ben und mir böse Worte gesagt, und dann hast du angerufen, gerade zu einem richtigen Zeitpunkt, worüber ich
sehr dankbar bin.

Greta nahm Maya in den Arm.

„Dann bin ich ja im richtigen Augenblick da. Ich wollte
dich anheuern, mit mir gemeinsam an dem Projekt zu
arbeiten. Ich kann zwar nicht so viel zahlen, aber für einen bescheidenen Lebensunterhalt reicht es allemal."

Maya lächelte sie unter Tränen an.

„Das ist wunderschön. Ich freue mich und ja, sehr gerne.
Wegen dem Geld ist es in Ordnung. Ich habe ein wenig
gespart und habe vor, zu meinem Nachbarn zu ziehen.
Helmut heißt er und er hat ein Haus direkt neben uns,
wohnt allein, ist 90, jedoch sehr fit, besonders im Kopf
und ich habe mich sofort mit ihm verstanden. Er ist aus
Würzburg und ich auch."

„Das ist ja super. Dann hast du ab heute eine neue Arbeit
und auch ein neues Zuhause in Aussicht! Weine nicht
mehr. Manchmal weiß man nicht, warum man traurig ist,
obwohl sich das Leben gerade ins Positive verändert!"

„So mag es wohl sein. Man hat Angst vor Veränderungen! Magst du mit mir zu Helmut gehen. Ich würde ihn
dir gerne vorstellen."

„Ja gerne!"

Die beiden Frauen standen auf und machten sich auf den
Weg zu Helmut, welcher ihnen entgegenkam. Schnicke,
wie immer, angezogen. Hut, der ihn sehr gut kleidete,
leichte Sommerjacke und Sommerhose in hellblau und

einen schönen Gehstock, der das Gesamtbild elegant ergänzte.

„Helmut, das ist Greta aus Salzburg, ich habe dir von ihr erzählt und sie hat mich gerade besucht und ich wollte, dass ihr euch kennenlernt, aus einem besonderen Grund."

Helmut lüfte seinen Hut, gab Greta die Hand und deutete einen Handkuss an.

„Grüß Gott. Darf ich auch Greta, welch ein schöner Name, zu Ihnen sagen, ich bin Helmut für Sie."

„Ja. Sehr gerne Helmut. Schön, dass ich Sie kennenlerne und schön, dass ich einen Mann, mit dem Benehmen der alten Schule, treffen darf. Das vermissen wir älteren Frauen sehr!"

„Mir ist es ein Vergnügen mit so großartigen Frauen, wie ich gerade vor Augen haben darf, zusammen zu sein!"

Helmut geleitete die Damen auf die Terrasse und holte frischen, selbstgemachten Hollundersaft.

Nachdem sie sich nochmals begutachtet haben, erhob Maya nun wieder ihre, nun beruhigte Stimme, in der sogar etwas Freude mitschwang:

„Helmut, ich habe mich heute in der Früh mit Bill gestritten, dass heißt ich wollte ihn bitten, mir zu sagen, was er vorhat, da ich ihn ja kaum noch sehe und spreche. Er war nicht sehr nett zu mir und ließ mich allein, worauf ich heulen musste. In diesem Augenblick hat Greta angerufen und mich besucht, um mir einen Job anzubieten, der mir sehr gut gefällt. Ich werde nicht mehr im Verlag arbeiten können und somit habe ich mich sehr gefreut, eine so schöne Aufgabe geschenkt zu bekommen. Nun habe ich ein Anliegen an dich. Ich möchte so schnell als möglich bei dir einziehen. Ist das Ok für dich?"

Helmut strahlte über das ganze Gesicht.

„Das ist ja heute ein Glückstag für mich!"

„Für mich auch!", jubelte Maya. Greta schloss sich an. „Für mich ebenfalls."

Das war ein schöner Moment. So schnell vergeht der Kummer, verzieht sich wie eine dicke Regenwolke und lässt die Strahlen der Sonne wieder zu.

Helmut grinst: „ ....Na also, die Sonne geht auf, die Kuh gibt Milch..... wo ist das Problem? Maya zeige du Greta dein zukünftiges Reich und beredet, wie das nun gestaltet werden kann. Ich hole uns eine Flasche Champagner, die seit Jahren in meinem Kühlschrank auf einen besonderen Anlass wartet und sich sicher auch freut, befreit zu werden!"

Maya zeigte Greta, welche sofort hellauf begeistert war, die Räumlichkeiten, die sie in Zukunft bewohnen durfte. Sie gingen sogar bis ins Dachgeschoß. Greta fand auch diesen verstaubten Raum unendlich klasse und bewunderte Helmuts Bilder.

Sie kletterten nach unten und mit strahlenden Gesichtern nahmen sie die Gläser, die Helmut ihnen reichte, entgegen. Sie prosteten sich zu.

Greta stellte ihr Glas ab und sagte zu Helmut gewandt: „Das sind herrliche Räume und passen sehr gut zu Maya. Sie wird daraus sicher ein Schmuckstück zaubern!"

„Das glaube ich auch und ich freue mich schon darauf!",
zu Maya gewandt, „wenn du magst, kannst du sofort mit
dem Umbau anfangen."

Maya ging auf Helmut zu, strahlte ihn an: „Ja gerne. Sehr
gerne und danke, danke!" Schon wieder verließen Tränen
Mayas Augen, nur dieses Mal waren es Freudentränen.

Sie saßen noch einige Zeit zusammen und plauderten über
alles Mögliche. Greta schwärmte vom Salzkammergut
und dass sie dort ein altes Haus habe, welches diesem
sehr ähnelt.

„Ihr musst mich in der nächsten Zeit besuchen, es wird
euch sehr gefallen. Gerne ein Wochenende oder auch
länger. Ich wohne am Fuschlsee, in einer wundervollen
Gegend und habe genug Platz, da ich ja auch allein wohne!"

Maya beobachtet, dass sie Helmut einen intensiven Blick
zu warf, welchen er mit Wohlwollen auffing.

Erfreut dachte Maya, bahnt sich da etwas an? Das wäre
schön. Auch wenn Helmut schon betagt ist, hat er noch
einige glückliche Jahre verdient.

Sie verabschiedeten sich und spürten, dass es nicht das
letzte Mal war, sich zu sehen.

Maya bat Helmut, für sie ein Taxi anzurufen. Es dauerte
nicht lange, und das Taxi war da. Helmut und Maya begleiteten Greta bis zum Taxi und winkten ihr noch lange
nach.

„Eine sehr sympathische Frau, diese Greta. Danke, dass
du sie mit vorgestellt hast."

„Ja, gerne, ich habe doch gesehen, wie es zwischen euch zwei gefunkt hat. Das hat mich sehr gefreut. Gefällt sie dir?"

„Ja, sehr! Schade, dass ich zu alt bin, ansonsten würde ich sehr stark um sie werben!"

Maya blieb stehen und sah ihn eindringlich an.

„Das machst du bitte auch jetzt. Das Alter spielt für eine Liebe keine Rolle. Mach dir noch ein paar schöne Jahre, du hast es verdient."

Sie begleitete Helmut noch zur Wohnungstür und verabschiedete sich.

Maya war in den nächsten Tagen mit Freude dabei, an ihrem zukünftigen Leben zu arbeiten.

Sie sah Bill selten, sie kommunizierten nur das notwendigste. Maya sagte kein Wort von ihrem Vorhaben zu Bill und er fragte auch nicht danach.

Eines Tages erhielt sie einen Einschreibebrief von dem Verlag. Dieser beinhaltete, dass aus wirtschaftlichen Gründen ein weiteres Arbeitsverhältnis mir ihr nicht mehr eingehalten werden kann. Weitere drei Monate wurden ihr noch bezahlt, danach betrachteten sie das Arbeitsverhältnis als beendet.

Na gut, dachte Maya. Soll mir recht sein.

Am nächsten Morgen bat Bill um ein Gespräch.

Er drückte arg herum und kam nur langsam in den Dialog.

„Also Maya. Es tut mir sehr leid, dass ich dir das sagen muss. Ich werde unsere Beziehung hiermit beenden. Ich übernehme eine Außenstelle in Helsinki. und habe schon zugesagt. Ich kündige diese Wohnung, Wir haben eine Kündigungszeit von drei Monaten, wie du weißt. Die Miete zahle ich bis dahin. Du musst für dich überlegen, ob du die Wohnung allein übernehmen willst. Die Möbel überlasse ich dir gerne. Du musst dich nicht gleich entscheiden. Ich wollte dir nur sagen, was Sache ist. Es tut mir auch leid, dass ich dich schlecht behandelt habe. Nur mir ist klar geworden, dass ich mein Leben nicht mit dir teilen mag, oder kann. Ich bin für eine feste Beziehung momentan noch nicht bereit. Das hat nichts mit anderen Frauen zu tun, nur damit, dass ich mich ohne schlechtes Gewissen auf meine Arbeit konzentrieren will und dazu weder eine Frau noch Kinder haben möchte."

Damit beendete er seine Rede, sah Maya jedoch nicht an, sondern senkte seinen Blick auf die Tischplatte.

Kurz hatte Maya das Bedürfnis, aufzustehen und ihm über die Haare zu streicheln, aber eine innere Stimme verbat ihr das.

Sie sah ihn an und sagte ruhig: „Sieh mich an, Bill. Du brauchst wegen mir kein schlechtes Gewissen zu haben. Ich bin dankbar, dass du mir gesagt hast, was du vorhast und freue mich, dass du dich entschuldigt hast. Geh du deinen Weg und mach dir um mich keine Sorgen. Sobald ich weiß, was ich mache, gebe ich dir bezüglich der Möbel etc. Bescheid. Momentan kann ich nicht sagen, was passiert. Ist das für dich Ok?"

„Auf alle Fälle. Es wäre mir recht, wenn wir nicht im Streit auseinander gehen. Ich werde noch ein paar Tage bleiben und habe eine Bitte, nämlich auf der Couch schlafen zu dürfen. Du weißt, ich komme spät und gehe sehr früh. Wenn es dir recht ist, ansonsten, nehme ich ein Hotel."

„Nein, ist schon ok. Hast du doch die ganze Zeit schon gemacht. Es stört mich nicht."

„Also gut, dann muss ich los. Schönen Tag."

Er stand auf und ging wortlos aus der Wohnung. Maya blieb auch noch wortlos am Frühstücktisch sitzen.

Das war nun das Ende mit einem Wolf 1.

Gottlob hatte sie vor dieser Trennung Helmut und Greta kennengelernt, ansonsten hätte es sie schwer getroffen.

Nun war es ihr egal. Nun hat sie auch Wolf 1 persönlich kennengelernt. Sie würde in Zukunft sehr darauf achten, um nie mehr auf die Seite von Wolf 1 zu gelangen.

Sie machte sich ein kleines Abendbrot und setzte sich auf die Couch, schaltete den Fernseher an, zappte rum und landete bei dem Quiz; Ich weiß alles mit Jörg Pilawa. Ja, das sah sie gern.

Unter anderem spielte Benjamin Adrion mit. Ehemaliger Fußballspieler vom FC St. Pauli. Nach Beendigung seiner Fußballära rief er 2005 das Projekt Viva con Aqua de St. Pauli ins Leben. Die Initiative setzt sich für sauberes Trinkwasser in Entwicklungsländern ein. Im Jahre 2009 erhielt er für sein Engagement das Bundesverdienstkreuz. Falls er das Quiz gewinnt, will er dieses Geld seiner Initiative zur Verfügung stellen und somit 10.000 Menschen zu täglichem Trinkwasser verhelfen.

Ach, wie gut dieser Mann aussieht, das Glück, die Zuversicht und Freude strahlte aus all seinen Poren. Maya weiß, wie gut es sich anfühlt, zu helfen und dieser Mann hat schon ganz vielen Menschen geholfen. Ihr kamen fast die Tränen und nun verfolgte sie diese Sendung. Drückte ihm die Daumen, vor lauter Spannung, vergaß sie ihr Abendbrot und sie dachte, er hätte schon verloren; - die letzte, entscheidende Frage; wo ist Christoph Columbus gestrandet, als er Amerika entdeckte. Maya war sich so sicher, dass es die Dominikanische Republik war, doch Benjamin Adrion sagte: - „die Bahamas", oh nein, Maya fing fast an zu heulen, da er nun verloren hatte - aber NEIN, es war richtig. Die Bahamas…er hat gewonnen. Maya freute sich so sehr, dass sie vor Freude im Zimmer rumtanzte und den Bildschirm küsste und damit Benjamin viele Küsse gab.

Das war auf alle Fälle Wolf 2. Sie würde sich diese Ausstrahlung merken und dadurch sofort Wolf 1 erkennen. Kein einziger Wolf 1 besitzt dieses Strahlen, besonders Bill nicht, doch Helmut und Greta.

Diese Gesichter sind es, die sie in ihrem Leben treffen möchte. Ihr war es egal, ob jemand Vermögen hat, das sind Äußerlichkeiten. Falls dieser Mensch ein solches Gesicht besaß, würde sie auch Vermögen nicht stören. Sehr zufrieden und glücklich schlief sie ein.

Tagelang arbeitete Maya sehr intensiv an dem Umbau. Sie tat viel selbst Hand an und es machte ihr riesig Spaß zu tapezieren, Wände zu streichen, zu bohren und zu dekorieren. Sie baute sich ein neues Bett und nähte sich Vorhänge und Bezüge für die Liegen. Jedes Mal, wenn sie mit einer Arbeit fertig war, freute sie sich sehr und ihre Augen strahlten.

Das Schlafzimmer war fertig. Sie hatte das sehr große Zimmer geteilt und einen Teil davon zu einem kuscheligen Schlafzimmer umgestaltet. Mit Tür zum Balkon. Ja, da konnte sie in der Früh ihre Morgengymnastik machen. Sie bezog das Bett und wollte heute die erste Nacht hier schlafen.

Sie lief die Treppe hinunter und schrie: „Helmut, kommst du, bitte!"

Helmut rief von unten: „Was ist los, ist etwas passiert?"

„Nein, du sollst nur schauen!"

Helmut ging langsam die Treppe hoch und betrat den großen Raum, ging durch den Bogen und sah, worüber sich Maya so freute.

„Ich kann ab heute Nacht hier schlafen, Das Schlafzimmer ist fertig.

„Das ist ja wunderbar. Dann schlafe ich das erste Mal nach diesen vielen Jahren nicht mehr allein in dem großen Haus. Ich bin gespannt, wie sich das anfühlt."

„Ich auch!"

Maya holte ihre Anziehsachen und Badeutensilien aus der Wohnung und platzierte sie im Schlafzimmer und auch im Bad. Im Bad hatte sie fast nichts umbauen müssen, nur putzen und es blitzte aus allen Fugen und roch sehr frisch.

Nach einiger Zeit war sie fertig.

Sie ging die Treppe hinunter. Die Pflegerin war gerade da. Eine dralle Person, sehr freundlich und sympathisch. Man musste sie gleich mögen.

„Maya wohnt seit heute bei uns!"

„Ich freue mich sehr. Ich hoffe, dass ich Sie auch ver-
wöhnen darf?"

„Ja gerne, obwohl ich auch gerne helfe, falls Sie mich
brauchen. Ich habe hier eine Glocke angebracht. Helmut
auch wegen dir, falls du mich brauchst, falls du mir einen
Kaffee gekocht hast!"

„Das ist ja raffiniert", Helmut lachte.

Maya sah ihn an und dachte. Der wirkt immer jünger.
Was war mit diesem Mann geschehen. Er war auf einmal
so agil, so lebendig!

Sie schmunzelte ihn an und er schmunzelte zurück.

Die nächsten Tage waren für Maya wiederum angetan mit
Arbeit.

Sie wunderte sich, dass es Bill nicht aufgefallen war, dass
ihre Klamotten und Badeutensilien nicht mehr vorhanden
waren? Hatte er sich die letzte Zeit im Bad gewaschen.?
Sie dachte nach und schaute im Bad nach.

Oh, seine Sachen waren auch weg und sie sah sich in
seinen Schrank nach Klamotten um. Er hat sich heimlich
verabschiedet. Das fand sie nun doch sehr schade.

Quasi befanden sich nur noch Möbel und das Geschirr in
der Wohnung. Sie machte einen Kontrollgang durch die
Räume, stellte die Möbel, die sie nicht mitnehmen wollte,
zusammen, zog die Betten ab, entfernte die Vorhänge,
rollte die Teppich zusammen. Die Blumen nahm sie mit
zu Helmut. Sie konnten nichts dafür und hier in der Wohnung allein würden sie sterben.

Die Lounge Möbel wollte sie mitnehmen. Auf alle Fälle auch die gemütlich Couch im Wohnzimmer, obwohl....nee, da hatte nun die ganze Zeit Bill darauf geschlafen. Die ließ sie stehen. Schränke brauchte sie sowieso nicht, da diese bei Helmut eingebaut waren. Sie musste noch Helmut fragen, wie es nun mit der Küche ist und ob sie Geschirr mitnehmen soll oder nicht?

Sie lüftete die Räume durch, machte mit dem Handy Fotos und sandte diese zu Bill mit dem Text: Ich bin ausgezogen, das was du hier in der Wohnung noch siehst, brauche ich nicht.

Als sie im Haus war und wegen des Geschirrs nachfragte, meinte Helmut, sie könne gerne ihr Geschirr mitnehmen. Er habe sowieso fast nie gekocht und er wollte schon fragen, ob in diesem Zusammenhang mal die Küche auf Vordermann gebracht werden sollte und da würde er meinen, eine neue Küche fände er ratsam, doch aussuchen sollten sie, wie es ihr gefällt, mit einem Schmunzeln ergänzte er: „Ich bin nun ganz berechnend und freue mich auf ein schönes Essen oder Frühstück mit dir gemeinsam.

Nach einigen Wochen war die Küche eingebaut und auf den neuesten technischen Stand gebracht. Eine gemütliche Eckbank mit selbstgenähten Bezügen lud zum sofortigen Hinsitzen ein. Ihre Loungemöbel standen auf der Terrasse, ebenfalls hatten auch sie neue Bezüge bekommen und strahlten mit den farblich passenden Blumen auf dem Tisch um die Wette.

Oben auf ihren Balkon waren unter den Kirschbäumen feine gemütliche Liegen zum Chillen.

Es war Zeit zur Einweihung. Sie lud Greta ein, welche freudig zusagte und Maya kochte ein fantastisches Abendessen. Greta und Helmut turtelten, während Maya in der Küche beschäftigt war.

Endlich war sie fertig. Helmut kam sofort und sie trugen gemeinsam das Essen nach draußen. Greta hatte mittlerweile den Tisch gedeckt. Das sah so köstlich aus. Maya sah in zwei glückliche Augenpaare.

„Na, Ihr Zwei, habt Ihr mir etwas zu sagen?" meinte sie schmunzelnd.

„Ja, Maya", sagte Helmut fast kleinlaut, „wir haben uns verliebt."

„Das ist ja schön. Das freut mich sehr."

Sie saßen einige Zeit, genossen die Gemeinsamkeit und das gute Essen. Greta hob das Glas und sah in die Runde.

„Vielen Dank für die Einladung. Das Essen schmeckte hervorragend. Du bist auch noch eine sehr gute Köchin, Maya. Mein Herzenswunsch wäre, wenn Ihr mich im Salzkammergut besuchen würdet. Ich lade Euch hiermit herzlichst ein. Wie ich sehe, seid Ihr mit dem Umbau fertig und somit ist es Zeit auf die Reise zu gehen, bevor Corona es nochmal verbietet. Bald wird „Jedermann" in Salzburg aufgeführt und ich würde Euch sehr gerne einladen."

Maya und Helmut strahlten vor Freude und umhalsten Greta.

Kapitel 8

Wolf 1

Maya machte am nächsten Tage einige Einkäufe und würde den ganzen Tag unterwegs sein, wie sie Helmut erklärte. Er solle auf alle Fälle das Handy neben sich legen, falls sie etwas brauche.

Helmut versprach es und verabschiedete sich winkend von ihr und wandte sich der Gartenarbeit zu. Er wollte auch den Garten auf Vordermann bringen.

Gedankenverloren war er über den Rosenstrauß gebeugt, als er plötzlich ein lautes „Helmut, Helmut" hörte. Er sah sich um und sah an der Gartentür Bill stehen. Helmut wunderte sich, stand auf und ging auf ihn zu.

„Hallo Bill, schön dich zu sehen." Jedoch Bill grüßte ihn nicht zurück, sondern fragte kurz:

„Ist Maya bei dir?"

„Komm doch erst rein!"

Helmut öffnete die Gartentür und begrüßte Bill herzlich. Sie gingen gemeinsam zur Terrasse, dort standen Bills Lounge Möbel.

„Ach, ist Maya bei dir eingezogen?"

„Ja, sie wohnt seit einiger Zeit hier!"

Mit einem finsteren Gesicht setzte sich Bill auf seine ehemaligen Möbel, legte die Kissen auf die Seite

„Ich mach dir einen Kaffee und etwas zu trinken. Was möchtest du denn gerne?"

„Keinen Kaffee, lieber ein Bier!"

„Das habe ich leider nicht!"

Mürrisch antwortete er: „Dann halt Kaffee!"

Nachdenklich ging Helmut zur neu eingerichteten, sehr hellen und freundlichen Küche, kramte nach seinem alten Geschirr, weil er Bill nicht noch einmal schocken wollte, wenn er ihm auch noch Kaffee in seinem Geschirr servieren würde.

Helmut kam mit Kaffee und Kuchen und bediente Bill schweigend. Währenddessen schaute er ihm ab und zu ins Gesicht. - Er sieht nicht glücklich aus-, dachte er, setzte sich, nahm seine Tasse und schaute durch den dampfenden Kaffee in die Augen von Bill, welcher sofort den Blick senkte und sich ebenfalls der Tasse zuwandte.

„Wie kann ich dir helfen?", fragte Helmut.

Einige Minuten Schweigen. Der Blick von Bill schweifte von der Terrasse in die offene Küchentür. Schien alles neu gemacht worden zu sein. Unendlich viele Kräuter in bunten Töpfen gepflanzt, standen an der Hausmauer und eine Hängematte war seitlich an zwei Apfelbäumen befestigt. – Dort lag sicher Maya beim Mittagsschläfchen -. es grummelte in seiner Magengegend. Das alles passte ihm nicht, – ob sie mit ihm was hatte?-

Bills Blick schweifte zurück zu Helmut. Er trank einen Schluck Kaffee und meinte:

„Da sieht man ja sehr die kreative Hand von Maya. Wie lange wohnt sie schon hier?"

„Erst seit ein paar Tagen. Sie hat sich sehr viel Arbeit gemacht, um diesem alten Hause ein neues Outfit zu verpassen."

Sein Blick schweifte nochmals über und um das Haus.

„Wo ist sie denn?"

„Sie kauft noch ein!"

Das Gespräch war mühselig. Bill wusste nicht was er sagen sollte. Er wollte ja auch nicht mit Helmut sprechen, sondern mit Maya.

Helmut hatte das Gefühl, dass er sich bald verabschieden würde und grübelte mit welchem Thema er anfangen könnte, um mit Bill ins Gespräch zu kommen.

„Du warst in Helsinki? Wie geht man dort mit Corona um?"

„Sehr entspannt. Es sind Gesundheitszentren eingerichtet. Die Patienten werden nach Konsultation des Hotspots dort eingewiesen, behandelt und verlassen meist nach kurzer Zeit gesundet die Station. Getestet werden vernünftigerweise nur die Risikogruppen. Derzeit sind keine Patienten in den Zentren.

Ansonsten habe ich nicht viel gemerkt. Ich habe Tag und Nacht gearbeitet und bin kaum auf die Straße gekommen!"

„Also, wenn ich es richtig verstehe wird da nicht so viel Wirbel gemacht wie hier?"

„Nein, zumindest habe ich nichts bemerkt. Auch die Medien berichten spärlich. Es wird gemeldet, wo sich Hotlines befinden, wo man jederzeit Auskunft erhalten kann, auch in englischer Sprache."

„Und bleibst du nun für immer dort?"

„Nein, ich hatte und habe nur die Aufgabe, in verschiedenen Großstädten Stützpunkte einzurichten, damit wir Journalisten europaweit kommunizieren können!"

„Ach so, das wusste ich nicht! Und warum hast du Schluss gemacht mit Maya?"

„Weil sie anders ist als ich. Wir können uns jetzt und auch in Zukunft nicht gleichwertig unterhalten. Sie hat eine andere Lebensidee als ich und das ist auf Dauer nicht erfüllend für beide und da bin ich eher für Abbruch!"

„Und die Liebe?"

„Die Liebe ist ein vergängliches Gefühl und nicht meins. Ich kann dieses Gefühl ein- und abschalten!"

„Da bist du wirklich anders als Maya. Sie ist die Liebe in Person!"

„Ich glaube absolut nicht und besonders nicht mehr nach diesen Recherchen, dass Menschen auf Dauer dieses Gefühl füreinander aufbringen, und auch halten können, Sie wollen doch alle etwas dafür."

„Das ist richtig. Ich habe Maya ein Zuhause gegeben und sie macht mich mit ihrer Anwesenheit glücklich. Ich fühl mich nicht mehr allein!"

„Blödsinn, man kann nicht allein sein bei den vielen Menschen!"

„Doch, viele Menschen ist kein Ersatz für jemand, der immer für einen da ist und dessen Liebe man stets spüren kann!"

Bill runzelte die Stirn. – Also hat sie doch was mit ihm. Er sprach so oft von Liebe, die er erfährt im Zusammenhang mit Maya. Das passte ihm nicht. Wie konnte sie so schnell mit diesem alten Mann etwas anfangen. Unglaublich.

Gegen dieses Denken antwortete er: „Ja, Maya ist ein angenehmer Mensch. Sehr anhänglich und liebevoll. Ich möchte auch nicht im Streit mit ihr sein."

„Das wird auch nicht sein. Maya geht es gut, sehr gut. Sie hat einen neuen Job!"

„Einen Job, welchen denn?" Sein Lächeln war abschätzend.

„Eine sehr nette Dame aus Salzburg hat ihr angeboten eine Initiative in Deutschland zu starten, um Flüchtlingskindern eine schnelle Adoption oder Pflegschaft zu ermöglichen."

„Ach so, dachte ich mir doch, dass es nichts Besonderes ist!"

Helmut ärgerte sich über diese Aussage, blieb ruhig und antwortete:

„Was wäre denn etwas Besonderes für Maya in deinen Augen?"

„Etwas Handfestes, mit dem man gut Geld verdienen kann und sich die Zukunft sichert und eventuellen Kindern einen guten Start ins Leben finanzieren kann. So stelle ich mir die Zukunft vor!"

„Also, du bereitest für deine Kinder einen gemachten Weg vor, der gepflastert ist mit Münzen, ohne blühende Wiesen und zwitschernden Vögel?"

„Unsinn, die Welt ist groß und mit Geld kann man überall hin. Es gibt sicher noch Plätze auf dieser Welt, die für meine Kinder optimal sind."

„Dein Wort in Gottes Ohr! Es sieht nicht danach aus, falls alle Menschen so denken wie du! Wo würdet ihr euch alle denn dann treffen wollen. Wäre für euch alle nicht besser, das was man hat zu ehren und zu schützen und nicht nach Flucht zu trachten!"

„Das ist Ansichtssache und jeder darf sein, wie er mag. Ich mag mich nicht kritisieren lassen!"

„Das glaube ich dir, mein lieber. Ich möchte dich niemals kritisieren, glaube mir. Du erscheinst mir so anders als vor einiger Zeit. Du warst so hilfsbereit und liebenswert. Darf ich fragen, was passiert ist seitdem!"

„Ich mach mir Gedanken über meine Zukunft und be-fürchte, dass ich einen anderen Weg einschlagen muss, was ich nun schon angefangen habe zu tun. Es gefällt mir nicht ständig in anderen Städten zu sein, nur, ich ahne, dass es wichtig ist für meine Zukunft. Da ich selbst unsi-cher bin, möchte ich keine Beeinflussungen!"

„Magst du nicht mit einbeziehen, ob es Sinn macht nach-zudenken, was für uns alle gut ist und nicht nur für dich allein. Ich möchte dich nicht kritisieren, dir nur einen gedanklichen Anstoß vermitteln. Ich möchte dir nur sagen, dass ich auch für dich da bin, falls du einen väterlichen Rat annehmen magst. Du hast ja meine Handy Nummer!", nach dieser Aussage hatte sich die frostige Stimmung wieder gelöst und Bill zauberte sogar ein kleines Lächeln um seine Lippen.

„Ich werde nun gehen, danke für die Bewirtung, danke für das Angebot und richte bitte Maya einen lieben Gruß aus. Sie soll sich bei mir melden, wegen der Wohnung."

Helmut stand auf, gab Bill die Hand und begleitete ihn bis zum Gartentor. Kopfschüttelnd ging er zurück. Räumte das Kaffeegeschirr weg und widmete seine ganze Aufmerksamkeit den Blumen.

-Was ist mit ihm nur geschehen? -

Einige Zeit blieb Helmut bei der Gartenarbeit und dieses Gespräch wollte sich nicht aus seinen Gedanken entfernen, wie sehr er sich auch bemühte.

Da kam Maya vollgepackt durch das Gartentor.

„Helmut!", rief sie laut „wo bist du?"

Helmut freute sich, flotten Schrittes ging er ihr entgegen und nahm ihr einige Tüten ab und begleitete sie ins Haus.

Während sie die Tüten und Pakete auf den Treppen ablegten, sagte Helmut.

„Bill war da!"

Maya unterbrach das Einräumen und sah erstaunt zu Helmut:

„Bill war da? Was wollte er denn?"

„Er wollte mit dir sprechen wegen der Wohnung, du sollst ihn anrufen."

„Ok, aber erst räumen wir auf und dann trinken wir etwas in Ruhe."

„Ja, das finde ich ratsam und würde mich freuen."

Einige Zeit räumte Maya in der Küche, die gekauften Utensilien ein. Helmut half ihr und zwischendurch fragte sie:

„Was hat er denn gesagt?"

„Er war komisch!", meinte er.

Dabei sahen sie sich an. Helmut zuckte mit den Schultern. Maya nahm das Handy, Bill erschien auf dem Display: „Hallo Bill!"

„Hallo Maya, schön dich zu hören. Ich möchte mit dir gerne besprechen, wie wir das nun mit der Wohnungsübergabe machen."

„Wohnungsübergabe?"

„Ich habe dir doch gesagt, dass du die Wohnung übernehmen darfst!"

„Warte, ich komme zu dir. Bist du in der Wohnung?"

„Nein, die ist mir zu ungemütlich. Ich kann in einer halben Stunde in der Wohnung sein!"

„Ok, ich komme!"

Bill verschwand wieder vom Display.

„Er sagte, wir sollen uns in einer halben Stunde treffen, wegen der Wohnungsübergabe?"

„Wohnungsübergabe? Ich meinte, er habe gekündigt, sagtest du doch!"

„Ja, das war meine letzte Info von ihm. Ich habe ihm ein whatsapp geschickt mit Bildern von der Wohnung und geschrieben, dass ich die Wohnung verlassen habe und dass er sich darum kümmern soll."

Maya sah Helmut fragend an.

„Jetzt kenne ich mich nicht mehr aus."

„Auf wen lautete der Mietvertrag?"

„Auf uns beide!"

„Dann hängst du mit drin. Ärgere dich nicht im Voraus. Warte ab, was er sagt und meint. Bleib ruhig! Wegen so etwas lohnt es sich nicht zu streiten. Das kann man regeln!"

Schweren Herzens und mit einem schlechten Gefühl sperrte sie zuerst den Briefkasten auf, welcher überfüllt war mit Briefen. Oh je, das hatte sie vergessen. Sie nahm die Briefe mit und guckte, während sie die Treppen nach oben stieg, durch für wen sie waren, sortierte schon mal die an Bill gerichteten und da blieb sie an mehreren Briefen des Vermieters hängen. Sie öffnete einen und wurde kreidebleich. Der Vermieter mahnte die offenen Mieten seit 3 Monate an. Was soll das denn? Hatte er die Mieten nicht bezahlt?

Sie schloss die Wohnungstür auf und setzte sich. Die Couch war mit Bettlaken abgedeckt, alles in allem sah die Wohnung in diesem Zustand ungemütlich aus.

Sie sortierte die Briefe, links Bill, rechts für sie und in der Mitte die Gemeinsamen.

Für Bill gab es viele Briefe, für sie nur wenige. Die gemeinsamen betrafen die Wohnung.

Sie hörte das Türschloss, ihr Herz klopfte bis zum Hals. Er stand vor ihr und sah sie an, etwas schuldbewusst.

„Hallo Maya, schön dich zu sehen!"

Sie zeigte mit dem Zeigefinger auf dem Tisch zu den besagten Briefen. Ihre Stimmlage war hoch und ärgerlich.

„Was soll das?", du hast gesagt, dass du zeitgerecht gekündigt hast und die Miete bis zum Schluss bezahlen würdest. Von all dem ist nichts wahr. Was ist los?"

Er sprang auf: „Wie, was ist los? Ich war nicht da. Du warst da und hast dich doch bereit erklärt, dich um alles zu kümmern. Ich nahm an, dazu gehöre auch die Post. Wahrscheinlich hattest du keine Zeit, weil du dauernd bei Helmut abgehangen bist. Dir geht's bestens, warum soll ich dich bzw. die Miete bezahlen. Ich habe viel früher, die Wohnung verlassen, Fazit, du kommst für alles auf und kümmerst dich auch um den Rest. Nicht immer nur die Rosinen aus dem Kuchen picken!"

Maya war paff. Schweigsam stand sie in der Ecke und beobachtete ihn. Welch fieses Gesicht er hat, ist ihr das nie aufgefallen. So eine arrogante und überhebliche Mimik. Keine Lachfalten, gekräuselte Stirn! Hatte sie in dem Glanz, der ihn als umschwärmter Chef- Redakteur umgab, in den teuren Speiselokalen und Urlaubstrips, nicht richtig hingeschaut und hingehört? War sie getäuscht worden von den charmanten Lügen?

Bill nahm aus dem Schrank seine persönlichen Sachen, packte diese in den mitgebrachten Rucksack, gab ihr den Schlüssel.

„Na dann, viel Spaß mit deinem alten Liebhaber!"

Er nahm die Briefe, die ihm gehörten, legte den Schlüsselbund auf den Tisch und verließ wortlos den Raum und knallte die Tür ins Schloss.

Maya musste sich setzen.

So sehr wie sie erfreut war von Wolf 2, genauso sehr war sie bitterlich entsetzt über die Worte von Wolf 1.

In Zukunft würde sie genau hinschauen und sich nicht mehr blenden lassen.

Sie packte die Briefe und den Schlüssel ein und eilte schnellstens zu Helmut. Der stand schon am Gartentor und wartete auf sie. Sie flog ihm entgegen und landete in seinen Armen, die Tränen rannen ihr über die Wange.

„Alles gut, mein Mädchen. Nicht weinen. Jetzt setze dich hin und beruhige dich. Es wird alles gut, glaube mir!"

Maya befolgte den Rat, setzte sich und starrte in die Bäume.

„Du bist richtig geschockt!", meinte Helmut, während er ihr ein Glas Wasser hinstellte.

„Ja, auf alle Fälle. Er war so gemein und gehässig. Er hat weder gekündigt noch die Miete bezahlt. Hat mir die Schlüssel hingeknallt und mir noch viel Spaß mit meinem alten Liebhaber gewünscht;"

„Dann ist er eifersüchtig und verletzt. Weißt du, wenn man mit jemand Schluss macht, wünscht man sich nicht, dass sich der oder die Verlassenen so schnell und so gut tröstet!"

„Er tat doch immer so wichtig, und war so präsent und hat sich so aufgebläht!"

„Das sind genau die Symptome, wenn etwas sich nicht gesund entwickelt, sei es in der Person, in der Wirtschaft oder Politik. Die wirtschaftliche Entwicklung bläht sich ebenfalls so unnatürlich auf, ohne klugen Inhalt, geboren in der Gedankenwelt von Personen, deren einziger Wert Profit ist und das Ergebnis, das Mammon. Etwas zu schaffen, ohne die Umwelt und den Nutzen der Allgemeinheit einzubeziehen. kann auf Dauer nicht gut gehen, Dieses rücksichtslose, künstliche Aufblähen hat noch nie ein glückliches Ende gefunden. Es scheint, obwohl die Vergangenheit Zeuge dieser Blindheit ist, die Zukunft, beharrlich mit der Unvernunft der Nachkommen rechnend, es immer wieder schafft, die Menschen auf den falschen Weg zu führen. Möge Bill frühzeitig noch merken, dass es der falsche Weg ist, den er gerade entlang gehen will und früh genug merkt, dass der wahre Luxus eine Familie, Freunde und frische Luft ist.

Morgen schauen wir uns diese Angelegenheit an und verhandeln mit dem Vermieter. Das ist nicht so schlimm."

„Hilfst du mir?"

„Du hast mir geholfen und ich helfe dir. Nun denk nicht mehr daran."

Kapitel 9

Die Reise nach Salzburg

Die Tage vergingen. Maya hatte nun auch das Dachge-
schoß aufgeräumt und gesäubert. In dem großen Garten
von Helmut ließ sie ein Gewächshaus an dem Haus an-
bauen und anschließend in L-Form ein Holzhaus mit gro-
ßer Fensterfront, mit verschiebbaren Glastüren und eine
Veranda. Dort befanden sich nun die Staffeleien und die
Malsachen von Helmut und an den Wänden hingen die
Bilder. Es sah wunderschön aus. Helmut freute sich und
Maya freute sich noch mehr, als sie Helmut öfters in dem
Atelier sah und er zu malen anfing.

„So, jetzt könnten wir nach Salzburg zur Greta fahren.
Hier ist alles fertig und den Rest können wir danach auch
noch machen, was meinst du dazu!"

„Ja gerne. Du ahnst, wie sehr ich mich auf Greta freue
und ich war auch eine ewige Zeit nicht mehr außer Haus."

„Gut, dann schau ich nun nach einer Zugverbindung!"

„Warum?", fragte Helmut.

„Ich habe kein Auto!", brachte Maya zum Einwand.

„Aber ich!", Helmut grinste sie an.

„Du, wo denn?" Er nahm Maya bei der Hand und führte
sie rechts um das Haus herum. Da befand sich ein kleiner
Anbau, sehr mit Sträuchern bewachsen, sodass Maya
dieser Anbau nicht aufgefallen ist.

Helmut bog die Äste seitwärts und öffnete eine große Holztür, die vehement quietschte. Im halbdunklen sah Maya einen, mit einer Plane zugedeckten, Wagen stehen. Helmut entfernte die staubige Plane und darunter stand eine alte Jaguar Limousine in rubinrot, völlig verstaubt. Verwundert ging sie näher ran.

„So ein schönes Auto. Steht so vereinsamt und verstaubt hier in der Garage."

„Ja, schon ewig lange. Ich glaube so zwanzig Jahre!"

„Springt der noch an?"

„Ich weiß es nicht. Ich hole mal die Schlüssel!"

„Ich geh mit und nehme einen Besen und Putztücher und Wasser mit!"

Sie beeilten sich zum Haus, Helmut suchte nach dem Schlüssel und Maya holte Putzzeug und Besen. Mit diesen Dingen gewappnet gingen sie wieder zur Garage.

Maya fing gleich an, den gröbsten Staub abzukehren.

Durch die Staubwolken, die sich langsam senkten, konnte man die Schönheit dieses Autos erkennen.

Stolz sagte Helmut: „Das ist ein Jaguar Majestic"

„Ein wundervolles Auto, starte es mal!"

„Das ist nicht so einfach!" Er öffnete die Motorhaube, holte ein Motoröl aus dem Regal, besprühte etwas den Motor und die Zündkerzen. „Sieht nicht so schlimm aus, kaum Rost. Ist halt doch ein Markenprodukt erster Klasse. Helmut setzte sich rein und versuchte den Motor zu starten. Der Motor zuppelte und spotzte einige Male, so als wenn er Husten hätte, sprang aber dann an.

„Oh, so ein grandioser Sound!", jubelte Maya

„Fantastisch, das hätte ich nicht erwartet. Aber fahren tun wir nicht. Ich rufe erst meine Werkstatt an, um ihn warten zu lassen."

„Kannst du überhaupt noch fahren?"

„Ich werde es versuchen!", sagte Helmut und fragte Maya, „hast du einen Führerschein?"

„Ja, habe ich!"

„Na dann, machen wir zuerst eine Probefahrt, wenn er überholt und sauber ist!"

Helmut deckte die Plane wieder über das Auto und Maya nahm ihren Putzeimer.

Im Haus angekommen, kontaktierte Helmut die Werkstatt. Die Chefin des Autohauses war am Telefon und erkannte ihn, Helmut freute sich sehr. Sie würde einen Abschleppwagen schicken und den Jaguar auf den neuesten, technischen Stand bringen lassen.

„So!", sagte Helmut, nun steht der Fahrt nichts mehr im Wege. Wird nur einige Tage dauern. Weißt du was, wir nehmen uns ein Leihauto und probieren schon mal Auto fahren. Er nahm den Hörer nochmal zur Hand und bestellte in der Werkstatt einen Leihwagen. Die Chefin bot ihm den Jaguar des neuesten Modells an. Helmut strahlte über das ganze Gesicht.

„Das ich das nochmal erleben darf."

Am nächsten Tag holte das Autohaus die Limousine aus ihrem Versteck. Die Mitarbeiter bestaunten dieses Auto.

Schon auf dem Abschleppwagen in der Sonne leuchtend war es eine Augenweide.

Auf der Straße stand ein weißer Jaguar, das neueste Modell. Einfach in seiner äußeren Ausführung und gerade deshalb, sehr elegant.

Helmut und Maya setzten sich ins Auto und ließen sich die Technik erklären.

Nach etwas Herzklopfen schaffte Helmut den Start, ein grandioser Sound, Helmut war begeistert, saß stolz am Steuer und umkreiste einige Male den Block. Nach kurzer Zeit hatte er das Auto im Griff, hielt vor dem Haus an und sagte:

„Nun bist du dran, Mädchen!"

„Ich????", Maya sah sehr erschrocken zu Helmut.

„Ich trau mich nicht! Mit diesem schönen Auto. Wenn ich etwas kaputt mache?"

„Egal, ist gut versichert. Das Auto ist sehr einfach zu fahren, macht fast alles allein. Fahre eine Runde, damit du es spüren kannst."

Und tatsächlich. Maya schaffte es, eine Runde zu fahren und es machte ihr sehr Spaß.

„So!", meinte sie, „nun sind wir wieder bei der Luftverpestung angelangt!"

„Das stimmt, wir werden es nicht übertreiben!"

„Komm Helmut, wir gehen ins Haus. Für diesen Tag reicht es mit der Aufregung."

Einige Tage übten sie und wurden immer sicherer und forscher. Dann war es soweit, Majestic stand vor der Haustür. Sofort war er die Attraktion für alle Autobesitzer und Fußgänger, die stehen blieben und Majestic angafften.

Helmut und Maya setzten sich ins Auto und los ging es mit der Probefahrt. Helmut war erstmals schweigsam, wurde immer sicherer. Als er das Auto einparkte vor der Garage, den Schlüssel abzog, meinte er:

„Kein Problem. Fühlt sich an, wie früher! Auch Autofahren verlernt man nicht!"

„Aber der Verkehr?"

„Wir suchen uns ein Zeitfenster aus, an dem wenig Verkehr ist. Jetzt gehen wir rein und rufen Greta an."

Greta freute sich und sie hatten vor, den nächsten Tag, es war Dienstag, so gegen neun zu starten. Dann waren sie spätestens um 11 am Fuschlsee.

Kaum konnten sie schlafen, sie dachten und träumten von dieser Reise. Das Gepäck hatten sie schon am Abend auf dem Rücksitz verstaut. Helmut betrat morgens die Küche, elegant vom Scheitel bis zur Sohle gekleidet. Maya war erstaunt. „Guten Morgen! Gut siehst du aus!"

Nach einem kleinen Frühstück spazierten sie zum Auto. Helmut hielt Maya galant die Tür auf. Er umwanderte Majestics und setzte sich ans Steuer. Er passte genial in dieses Auto. Maya war mächtig stolz auf ihn.

Greta würde sich noch mehr verlieben. Sie fuhren langsam den Ring entlang und bogen in die Autobahn Salzburg. Helmut fuhr gemütlich auf der rechten Spur. Es war nicht viel Verkehr, die Insassen der Autos, die sie überholten, verdrehten ihre Köpfe nach Majestic. Helmut meinte: „Die meinen nun sicher alle, der alte Sack hat sich eine junge Biene mit diesem Auto eingefangen!"

„Lass sie denken was sie wollen. Ich genieße dich alten Sack mit diesem schönen Auto und die Fahrt nach Salzburg.

Sie erreichten die Grenze, keine Kontrollen, sie fuhren ohne Aufenthalt durch. Der Verkehr nahm etwas zu, war aber nicht allzu aufregend.

„Mein Gott, ist es hier schön!" Maya dreht etwas das Fenster herunter und schnupperte die frische Luft ein.

„Wie schade wäre es, wenn diese Welt zerstört werden würde!"

„Warum hast du Angst, die Welt und das Universum lässt sich nicht von Menschen zerstören, dazu sind sie zu uninteressant. Es ist unendlich. Wenn etwas zerstört wird, dann sind es die Menschen oder auch die Tiere. Alles wächst nach. Manche Menschen sind leider zu egomanisch, um zu genießen und zu verstehen."

Maya dachte nach: „Meinst du, dass Bill auch egomanisch ist?"

„Ich glaube eher, dass er sehr ehrgeizig ist. Er ist in einem Alter indem man was erreichen will. Er ist ein Mann und denkt so und handelt so. Schau, Männer und Frauen werden sich nie wirklich verstehen können. Du brauchst das nicht versuchen. Männer sind eine Garnitur und die Frauen auch. Wir sind nicht gleich und sind gemacht worden, um uns zu ergänzen. Der liebe Gott wollte es so.

Was uns verbindet ist die Liebe, sie allein macht uns vollkommen, wenn man es so will bzw. es mit einen geschieht."

Maya dachte wieder nach.

„Also, du meinst, das hat nichts mit mir zu tun. Ich dachte, ich bin nicht gut genug für ihn und er will mich loswerden!"

„Hast du in gefragt, ob es so ist?"

„Nein, aber er hat es doch gesagt!"

„Was genau hat er gesagt!"

„Ich glaube so etwas wie, … dass er momentan keine Frau und keine Kinder haben möchte und keine Rücksicht auf jemand nehmen mag…!"

„Dann handelt er momentan, sagen wir egoman, das heißt aber nicht, dass es immer so bleibt. Besinn dich auf dich. Mach du dein Ding. Wenn es sein muss, kommt ihr sowieso zusammen. Und nun sind wir am Fuschlsee. Weg mit deinem schwarzen Gedanken. Bald sind wir bei Greta."

Helmut fuhr eine Allee entlang, da öffnete sich die Straße zu einem kleinen Weg, entlang des Sees. Schon sahen sie von weitem ein schmuckes Haus, welches einem Hexenhaus glich. Umgeben von vielen Blumen, direkt am See gelegen. Ein Steg führte zum See und dort stand ein kleines Bötchen. Helmut fuhr auf den Parkplatz. Greta kam ihnen eilends entgegen, fiel erst Maya um den Hals und ging dann langsam auf Helmut zu und küsste ihn auf die Wange, links und rechts. Helmut wurde rot und sehr nervös.

„Ich freu mich so, dass ihr da seid. Und so ein tolles Auto habt ihr mitgebracht!"

„Ja, das wollte auch mal aus der Garage nach 20 Jahren!"

Greta streichelte den Lack des Autos.

„Sieht aber noch genauso so gut aus wie du;", sie sah mit bewundernden Blicken zu Helmut, zu seinem Capy, zu seinem Outfit, „auffallend gut!"

Sie ging voraus und die beiden folgten ihr. Eine sehr einladende Terrasse mit Blick über den See, eine gemütliche Sitzecke mit geblümten Kissen.

„Nun nehmt mal Platz!"

Sie saßen einige Zeit zusammen, bis Helmut dann aufstand und die Sachen aus dem Auto holte. Maya und Greta eilten zu ihm und halfen die Gepäckstücke in den ersten Stock des Hexenhäuschens zu stellen. Dort bekam jeder ein einzelnes, sehr bäuerlich eingerichtetes Schlafzimmer mit Blick auf den See. Als sie sich etwas ausgeruht hatten, rief Greta von unten. „Kommt, wir wollen eine Seefahrt mit dem Bötchen machen und halten irgendwo und essen zu Mittag!"

So verging dieser Tag in bester Laune.

Maya wandte sich an Helmut: „Gell, da sind wir aber froh, dass wir nach so langer Zeit endlich eine so schöne Gegend bewundern dürfen."

Helmut grinste, hatte aber mehr Augen für Greta als für den See und die Landschaft. Man sah, dass er verliebt war bis über beide Ohren.

Den nächsten Tag verbrachten sie in der Stadt Salzburg. Es waren viele Leute unterwegs, saßen in den Parks und Cafe´s, bei schönstem Wetter und bester Laune.

„Muss man hier keine Masken tragen?"

„Nein, seit einiger Zeit schon nicht mehr. In den Geschäften, beim Einkaufen tragen viele immer noch freiwillig die Masken."

„Siehst du, freiwillig ginge es doch auch!"

„Und, wird von den Jugendlichen sehr laut gefeiert und halten sich die Leute an den Abstandsregelungen und an die Hygiene?"

„Ja, auf alle Fälle. Wir lieben unser Land sehr und respektieren uns untereinander und jeder nimmt auf andere Rücksicht, sowieso! Wir wissen aber nicht, wie es sein wird, wenn die Urlauber wieder da sind"

„Hmmh, das ist in München nicht so. Es werden Feste gefeiert im Freien, da die Locations geschlossen sind. Es wird keine Rücksicht auf die Anwohner genommen, im Gegenteil, die pinkeln an den Häusern und Gärten und hinterlassen jede Menge Müll. Manche werden sogar gewalttätig."

„Echt, nein das ist hier nicht so." Es ist ruhig und besinnlich und irgendwie scheint es so, als hätte die Regierung alles im Griff. Zumindest strahlt sie ein Gefühl der Sicherheit und Geborgenheit auf die Bürger aus. Viele Einheimischen sagen, wenn der „Basti" das so will, dann machen wir das auch! "

Die beiden lachten: „Meinen sie mit „Basti" den Kanzler?" Greta lachte auch „Ja, natürlich!"

„Jetzt zeige ich dir noch mein Büro Maya!" „Ja, gerne. Ich freu mich!"

Sie spazierte eine kleine Gasse entlang und kamen an ein schönes altes Haus mitten am Stadtplatz.

„Gegenüber von mir ist das „Mozart Geburtshaus". Wir können es danach noch besichtigen, wenn ihr wollt. Daneben gibt es auch einige gute Kaffeehäuser, im alten Stil. Das wird euch gefallen!"

Greta hatte ein kleines, sehr ansprechendes Büro mit vielen Kinderbildern an der Wand. Bilder aus allen Kulturkreisen. Ich suche Kontakte zu Behörden, die mir helfen, verwaiste Kinder nach Österreich zu bringen und hier suche ich dann für diese Kinder geeignete Pflege- oder Adoptiveltern. Das funktioniert gut, wenn nicht die Behörden so träge in ihren Entscheidungen wären. Oftmals ist die Hilfe für das eine oder andere Kind zu spät."

„Das ist eine schöne Arbeit. Habe ich richtig verstanden, dass du mir zeigst, wie ich das auch in Bayern oder ganz Deutschland bewerkstelligen kann?"

Helmut besah sich die Kinderbilder. „Ich helfe euch dabei, soviel ich kann. Ich kann gut mit Behörden umgehen, war doch auch Beamter und ich kann auch sehr gut verhandeln. Das heißt, hoffentlich habe ich das nicht verlernt?"

„Man verlernt nie etwas. Man wird im Alter noch besser und man wird auch mehr respektiert." Sie verbrachten den Tag ohne eine Spur von Corona zu merken. Es war friedlich. Die Leute sehr freundlich und zuvorkommend. Helmut und Maya fühlten sich sehr wohl.

Kapitel 10

Jedermann

„Am Samstag wird „Jedermann" aufgeführt. Zum Hundertjährigen Jubiläum, ausgerechnet im Corona Jahr. Jedermann hat die Schweinegrippe und den 1, und 2. Weltkrieg überstanden. Sicher wird Jedermann auch Corona überstehen. Ich habe uns Karten besorgt. 2020 wird die Aufführung anders sein, als all die Jahre davor, da wimmelte es nur so von Prominenten und die Karten waren sehr teuer und kaum zu ergattern. Ich denke und hoffe, dass es dieses Mal ein Fest für die Einheimischen wird. "

„Da freuen wir uns sehr!"

„Darf ich die Damen, in diesem Zusammenhang, nach der Aufführung zu einem köstlichen Dinner im Sacher einladen!"

„Das wäre wundervoll!"

„Kannst du bitte die Reservierung vornehmen, Greta. Du weißt, zu welcher Uhrzeit und sicherlich kennst du den Inhaber!"

„So ist es. Ja das mache ich sehr gerne!"

****

Der Abend war gekommen. Heute fahren sie nach Salzburg um Jedermann zu sehen. Sie hatten sich chic gemacht. Unterwegs erzählte Greta die Geschichte von Jedermann. Maya und Helmut hörten aufmerksam zu.

-Der Tod des reichen Mannes-

„Gott ist wütend, weil manche Menschen nicht mehr an ihn glauben, deswegen gibt er dem Tod den Auftrag, die Ungläubigen, dazu gehörte auch Jedermann, zu ihm zu bringen.

Jedermann ist doch gerade dabei, ein Grundstück für seine Buhlschaft zu kaufen, um dort einen Lustgarten zu bauen. Unterwegs trifft er wie immer einige Bettler, die an seinen Geldbeutel wollen. Er weist diese natürlich ab. Seine Mutter beschimpft ihn, dass er nicht gottesfürchtig genug sei und warnt ihn, dass er irgendwann dafür von Gott betraft wird. Er lacht nur darüber und will zu seiner Buhlschaft zu feiern. Auf dem Fest hat Jedermann sonderbare Erscheinungen. Er sieht die Gäste im Totenhemd dasitzen, und hört Glocken klingeln. Da taucht plötzlich der Tod hinter ihm auf. Er will Jedermann mitnehmen. Jedermann bittet um eine kurze Frist, damit er nicht allein vor Gott treten muss. Der Tod gewährt ihm die Frist von einer Stunde. Jedermann findet jedoch niemand, der bereit ist, mitzugehen. Kurz bevor die Frist abgelaufen ist, hört Jedermann Rufe aus dem Hintergrund. Er sieht seine guten Taten auf einer Bahre liegen, sie ist zu schwach, um aufzustehen, da er sich nie um sie gekümmert hatte. Sie bittet ihren Bruder, den Glauben, ihr zu helfen. Dieser weist ihn auf die Barmherzigkeit Gottes hin und rät ihm, die Gnade Gottes zu erbeten Jedermann geht zu dem Mönch. Während er weg ist, kommt der Teufel, um seine Seele zu holen, doch er muss sehen das sie ihm durch die Gnade Gottes entrissen wurde, Jedermann tritt mit Glau-

be und Gute Taten vor Gott und wird in den Himmel ein-
gelassen!"

Sowohl Maya als auch Helmut waren sehr nachdenklich.

„Immer die alte Geschichte!"

„Ja, sie wird aktuell sein, solange es Menschen gibt!"

Sie waren angekommen und parkten den Wagen in der
Tiefgarage. Langsam schlenderten sie zum Domplatz,
fanden ihre Stühle und setzten sich. Kaum, dass die Zuschauer saßen und auf das schaurige Rufen des Todes
warteten, fing es an zu stürmen. Sie mussten alle über-
siedeln in das Festspielhaus.

„Schade!", meinte Greta traurig, „draußen am Domplatz
Jedermann zu hören ist phänomenal. Ich weiß nicht, wie
es drinnen ist."

Sie setzen die Masken auf und marschierten mit genügend
Abstand zu den anderen Zuschauern Richtung Festhalle,

Die Plätze waren im Schachbrettmuster gekennzeichnet,
wo man sitzen durfte, immer den Abstand einhaltend.

Endlich saßen sie mit einem Sitz Abstand und konnten
ihre Masken abnehmen.

„Das ist so schade, gerade zum hundertjährigen Jubiläum!"

„Ist doch gut, Greta. Schau wir sitzen gesund zusammen
und wir freuen uns, dass wir zusammengefunden haben.
Mir ist so wichtig, dass ich das noch erleben darf mit euch
zwei wundervollen Damen!" Helmut saß in der Mitte und
Maya und Greta gaben ihm die Hand.

Vierzig Minuten waren vergangen. Ein Glöckchen klingelte,

Jedermann, Jedermann…. rief der Tod und los ging es.

Die Aufführung war dennoch sehr unterhaltsam, obwohl das Flair des Domplatzes, die Platzierung unter freiem Himmel und der Prosecco in der Pause, arg fehlten.

Der Teufel erschien sehr dominant auf der Bühne, brüllt zornig zum Abschied:

Die Welt ist dumm, gemein und schlecht
und geht Gewalt stets vor dem Recht
ist einer redlich, treu und klug
ihn meistern stets Arglist und Betrug

****

Kapitel 11

Demonstration 29.08.20 in Berlin

Bill lebte nun schon einige Zeit ohne Maya. Immer wieder dachte er an sie. Immer wieder dachte er an Helmut und immer wieder packte ihn die Eifersucht.

Dann hörte er von dieser Demonstration in Berlin - Corona Verschwörung. Gab es Menschen, die nicht an das Virus glaubten? Bill fiel es auch schwer, daran zu glauben. An was sollte man glauben? Allein seine Recherchen boten einige Vermutungen an. Natürlich gab es Menschen, die sofort an alles glaubten. Es gab aber auch die Zweifler, zu denen er gehörte. Für sein eigenes Wohlbefinden hatte er sich eingeredet, dass das Virus eine Gnade für die Umwelt sei.

Er war neugierig auf Berlin und auf die Demo. In einem kleinen Hotel in Friedrichshain, reserviert er ein Zimmer und bucht ein Zugticket.

Schon im Zug bemerkt er viele Passagiere, die wohl dieselbe Absicht hatten, als er.

Er verbarg sein Gesicht hinter einem Buch und hörte zu. Unmut und Unverständnis über die Corona Situation, Unmut über die Flüchtlingssituation, Unmut über Politik, im Grunde genommen nur Unmut. Solange er sich erinnern kann, hört er immerzu eine klagende und jammernde Bevölkerung über Themen, die gerade aktuell waren. Lag diese Unzufriedenheit an der negativen Berichterstattung der Medien oder eher an der deutschen Mentalität. Das verstand er nicht, es geht doch allen seit vielen Jahren sehr gut. Dachte er nicht ebenfalls so? Auf alle Fälle dachte er anders als Maya, die immer positiv auf der Suche nach der guten Seite ist.

In Berlin angekommen, spürt er diese aufgebrachte, ungute Stimmung, Die Unzufriedenheit äußert sich laut, niemand beruhigt die Menschen oder spricht mit ihnen. Es werden keine Hygienevorschriften eingehalten, Abstand zu halten ist kaum möglich.

Es ist unglaublich. Bis zu 30.000. Leute werden erwartet. Das gibt ein heißes Wochenende für Berlin.

Das Publikum ist buntgemischt, ebenso die Meinungen.

Die Gesinnung ist jedoch dieselbe. An jeder Ecke macht sich die Meinung breit, dass das Volk nicht gehört wird. Die Demonstranten verlangen nach objektiver Berichterstattung, zeigen deutlich, dass kein demokratisches Verhalten der Beauftragten vorhanden sei. – Wir sind das Volk -, tönt es mehrfach, ähnlich wie 1989. Als kontinuierlich die Montagsdemonstrationen „Wir sind das Volk" gegen die Staatsführung durchgeführt wurde.

Die Leute haben Angst und wissen nicht, wie lange diese Pandemie und deren Auflagen noch dauern werden und lehnen sich auf. Möglicherweise wird die Angst der Menschen ausgenutzt von einigen Veranstaltern und diese Demos breiten sich in Zukunft aus. Geplant ist es ja, wie Bill gelesen hat.

Bill kehrt in sein Hotel zurück. Dieses Erlebnis hier in Berlin schockt ihn noch mehr als die Recherchen.

Besonders geschockt ist er, als versucht wird, die Reichskanzlei zu stürmen. Das fühlt sich nicht gut an.

Bill reicht es und er geht zurück ins Hotel, setzt sich an die Hotelbar, bestellt einen Whisky und hört das laute Stimmengewirr um sich. Leute standen nah beieinander, mit Getränken in der Hand, ohne Maske, und unterhielten sich lautstark, während im Hintergrund die Bilder der Demo auf einem riesengroßen Bildschirm gezeigt und kommentiert werden.

Er nimmt sein Handy und hat das starke Bedürfnis mit Maya zu sprechen. Sie meldet sich:

„Bill, du rufst mich an. Ist etwas passiert?

„Ja, ich bin in Berlin und habe mir die Demonstration der Querdenker angesehen. Viele Leute, ganz normale Menschen aus ganz Deutschland, geben lautstark ihren Unmut zur Corona-Pandemie und deren Auflagen und Folgen bekannt. Darunter mischen sich die Reichsdeutschen. Massiv wird gegen die Maßnahmen der Regierung protestierend und letztendlich der Reichstag gestürmt. Eine Band singt jubelnd und gibt dies vorher singend bekannt. Eine Hundertschaft Polizisten kann Schlimmeres verhindern."

„Wirklich. Ist das so schlimm?"

„Ja, man merkt, dass sich das Volk nicht verstanden fühlt, oder aber einfach nur provokant sein will!"

„Und wie geht es dir?"

„Mir geht es nicht gut. Das hier wühlt mich noch mehr auf. Die ganze Situation, seit Corona, bewirkt eigenartige, ständig wechselnde Gefühle in mir. Ich weiß viel und kann dieses Wissen nicht mit meinen Gefühlen im Einklang bringen. Die Recherchen über Corona wühlen mich auf. Unsere Trennung wühlt mich auf. Ich trinke schon den fünften Whisky und mag zurück nach München. Ich fühle mich hier unsagbar schlecht. Ich will zu dir, ich will heim. Ich bin so durcheinander!"

„Bist du mit dem Auto unterwegs?"

„Nein, mit dem Zug", lallte er.

„Das ist gut. Wann fährst du nach München?"

„Morgen um 19 Uhr fahr ich wieder zurück, und….."‚

Bill fing an zu schluchzen, "ich schäme mich so, Maya, ich fühle mich so verändert. Ich bin ein Weichei! Ich kann ohne dich nicht glücklich sein."

„Nein, das bist du nicht. Ich habe immer gespürt, dass du sensibel bist. Das mag ich. Ich habe es auch gespürt als du diese schlimmen Sachen zu mir gesagt hast. Ich liebe dich und liebe dich wie du bist und daran wird sich die nächsten Jahre nichts ändern!"

Bill schwieg einige Minuten. Maya horchte, ebenfalls schweigend, einige Zeit. Seine Stimme meldete sich leise. Maya spürte, dass er seine Tränen unterdrückte.

„So schön, wie du das gesagt hast, ich liebe dich auch. Es war sehr dumm von mir, aus meiner Eifersucht heraus dich gehen zu lassen. Ich vermisse dich und möchte bei dir sein, wenn es geht für immer!"

„Dann komm doch nach Hause. Helmut wohnt nun bei Greta in Fuschl und ich bin ganz allein im Haus und ich könnte dich gut gebrauchen. Komm zu mir. Ich liebe dich!"

Ende

Epilog

Es ist wichtig für uns alle, ob groß oder klein, reich oder arm, den Wolf 1 und Wolf 2 zu erkennen, zu wissen, zu wem man halten mag und welchen man füttern möchte:

Die reichsten Menschen der Welt (Forbes)

Jeff Bezos: Mit mittlerweile 200 Milliarden Dollar ist er mit Abstand der reichste Mann der Welt. Sein Vermögen steigt sekündlich und es wird vermutet, dass er 2026 der erste und einzige Billionär der Welt sein wird. Bisher hat er bei Giving Pledge nicht gezeichnet, jedoch seine geschiedene Frau McKenzie (nun 3 reichste Frau der Welt). 2020 gründete Jeff Bezos den Earth Fund, um neue Wege zu erforschen und die Folgen der globalen Erwärmung auf diesen Planeten zu bekämpfen. Es sollen bekannte Technologien entwickelt werden, die dazu beitragen, die Erderwärmung zu begrenzen (10 Mrd. Dollar wurden vorerst dafür bereitgestellt). Auch er ist der Kritik ausgesetzt, ähnlich wie Bill Gates.

Bill Gates: Die Bill & Melinda Gates Fundation wurde im Jahre 2000 von den beiden gegründet mit einer Einlage von 46,8 Mrd. Dollar und ist damit die größte Stiftung der Welt. Ihre Ziele sind, insbesonders die weltweite Verbesserung der Gesundheitsversorgung und Bekämpfung von extremer Armut, sowie die Ermöglichung des Zugangs zu Bildung und Informationstechnologie.

Warren Buffett: ein US amerikanischer Großinvestor, Unternehmer und Mäzen. Fast sein gesamtes Vermögen ist in dem von ihm aufgebauten Investment Unternehmen Berkshire Hathaway angelegt, dessen größter Aktionär er selbst ist.

2010 gründete er gemeinsam mit Bill Gates die Giving Pledge. Sie soll besonders wohlhabende Menschen zum Spenden ihres Reichtums für das Gemeinwohl animieren.

The Giving Pledge

ist ein Versuch, den dringenden Problemen der Gesellschaft anzugehen, indem die reichsten Einzelpersonen und Familien der Welt aufgefordert werden, mehr als die Hälfte ihres Vermögens zu Lebzeiten oder in ihrem Willen für Philanthropie oder wohltätigen Zwecke einzusetzen.

Mittlerweile haben 211 Menschen gezeichnet

Einziger Deutscher: Hasso Plattner – Gründer SAP

****

Es scheint sich eine Annäherung der Menschen zum gemeinsamen Wohl der Menschheit anzubahnen. Die Hoffnung, dass es jemals die Politik oder Religion schaffen wird, ist wohl mit 2020 gestorben.

Auf alle Fälle kann man nach diesen Recherchen, zur Meinung gelangen, dass es, seit vielen Jahrhunderten, weder der Religion noch der Politik gelungen ist, auf die mörderische Macht zu verzichten, um das Menschenleben und die Natur in den Vordergrund zu stellen.

Gesetze sind wohl zum Schutz der Menschen da, jedoch gibt es ein **Gebot** für alle Entscheider, egal aus welcher Kultur, dem alle anderen Gesetze untergeordnet werden sollten;

Die **Erde**, die uns allen gehört, zu **schonen!**

Die **Freiheit**, zu leben wie es jeder möchte. **zu erlauben!**

Die **Liebe**, zur Natur und zu allen Lebewesen, **zu ehren!**

Weil wir Menschen sind

Danksagung

Ich bedanke mich herzlich bei meiner Tochter Melanie Maresch. Sie hat ihr prüfendes Auge immer wieder über mein Manuskript geworfen und war mir eine große Hilfe.

Ich bedanke mich bei Nilüfer Kutun, welche mich ermutigte, dieses Buch zu schreiben und das Cover dazu gestaltet hat.

Ich bedanke mich bei Ludger Bauer, welcher sein Konterfei für das Titelbild zur Verfügung gestellt hat.

Gedicht aus (CharliesGedichte.de)

Dein Wessen ist wie eine Woge

Getragen von allen Wesen

Der Vergangenheitsloge

Nicht sichtbar

Nur spürbar

Verankert ist auch in

Dir dieses wesentliche Tragen

In die vermeintlich nichts

Ahnende Zukunft

@ CORONA

Nehmen dich und schicken dich

Nackt auf den Gipfel der

Lebensrutsche und lassen dich los

Während du in deiner Angst der

Unwissenheit hinunterrutscht

Von der nicht erprobten Geschwindigkeit

Überrascht

Bespritzt mit Nässe

Landest du in das Tal

Der Menschheit

Wirst aufgefangen, getröstet

Getadelt und beschimpft

Für deine Unerfahrenheit

Und es bleibt in dir die

Angst des Erfahrens

@ CORONA

Du vergisst den Zauber
Des unbeschreiblichen Wunders,
welches du bist

Dein Wesen ist rein
Am Tag der Geburt
Klar und fein
Ist dein Körper

Die, die sich verantwortlich
Für dich zeigen
Hüllen dich ein in Verboten
Anstatt dich Fühlen
Zu lehren

Umsorgen sie dich in

Den Sack der eigenen Erfahrungen

Der geprägten Gebote und Verbote

Die sie selbst nicht nachgedacht

Und nicht selbst der Wahrheitsfindung

Zeitlebens prüften

Getauft bist du nun

Kleines Wesen

Und meinst, um jenen

Die dich aufgefangen

Gerecht zu werden

Dasselbe tun zu müssen

Und du tust es weil dir so

Geheißen

Und prüfst nicht und stellst

Nichts in Frage

Als hättest du wie jedes Wesen

Vor dir und nach dir

Durch den Rutsch vergessen

Das Wunder, welches du bist und

Deine Reinheit und Klarheit

@ CORONA

Du bist nicht gebunden an

Dem Tun der Vergangenheit

Der Sinn deines Lebens

Ist die Bewahrung deines

Wesens in seiner Klarheit

Schütze dich selbst

In dem du nicht dem langen

Finger der Vergangenheit Vertrauen schenkst

Vertrau nur dir

Der Stimme in dir

Fühle Dich selbst und

Finde deine geschenkten

Talente und binde sie ein

Und verändere wo

Immer du kannst

Das dir vorgespielte Lebensspiel

Die Werkzeuge sind deine

Sinne, die dich sehend machen

Dein Geist der dich führt

Zu deinen Leben

Über alle vergangenen und

Lebenden Körper hinaus

und deren Tun

wird dein klares Wesen

einzigartig sein.

Zeitfracht Medien GmbH
Ferdinand-Jühlke-Straße 7
99095 Erfurt, Deutschland
produktsicherheit@kolibri360.de